ありのままの自分で

東日本大震災・福島原発事故を
体験した母娘の選択

渥美藍
大関美紀

せせらぎ出版

はじめに——藍ちゃん親子と出会って

デモクラティックスクールまっくろくろすけ 代表理事

黒田 喜美

2011年3月11日、東日本大震災が起こったとき、あなたはどこで何をしていたでしょうか。

その日、私は娘と友だち家族と一緒に神戸へアイススケートに行っていました。滑り終わって、フードコートで休憩していると、天井のシーリングライトがゆらゆらと揺れだしました。他は何も感じないのにライトがずっと揺れているのを不審に思い、周りの人が次々とスマホで検索をはじめて、東北で大きな地震があったことがわかりました。兵庫まで揺れているなんて、どのくらい大きな地震なんだろうと驚きました。そして、津波が瀬戸内海でも起こる可能性があるとラジオが注意を呼びかけはじめ、不安の中、急いで帰路に着いたのを覚えています。

震災前と後であなたの生活はどう変わったでしょうか。

これから、震災をきっかけに大きく生き方が変わった藍ちゃん・美紀さん親子のお話をご紹介します。当時福島県に住んでいた藍ちゃん親子と、兵庫県に住んでいた私は、震災が起こらなければ巡り合うことはなかったでしょう。私が生まれて初めて話した福島県民が、藍ちゃんたち、福島第一原子力発電所事故による放射能を避け「保養」に来られていた方たちでした。

1995年に阪神淡路大震災という大きな地震に私たちも見舞われていました。朝の5時46分にそれまでに聞いたことがない地響きの音、突き上げるような揺れ、その後長く続いた横揺れを経験しました。物が頭に落ちてきて、このまま家が崩れて死ぬのかと怖くなったことを覚えています。揺れが収まり、1階へ降りてみると、本棚が倒れ、テレビが飛んでいて、居間はぐちゃぐちゃになっていました。「関西がこんなにひどいのでは、東京の友だちはどうなってしまっただろう」と心配になりました。なんの根拠もなく、大地震は関西には来ないと思い込んでいたのです。今振り返ると本当に恥ずかしくなります。

原発事故についてもそうです。ずっと脱原発の候補に投票したりして、原発に頼らないようになればと願ってきました。また、ウクライナの知り合いから直接チェルノブイリ原発のことを聞く機会があり、日本だけでなく世界のどこででも起こりうる、大変危険なものだと思っていました。それでも、チェルノブイリを超える大きな事故が日本で起こる危険性について、現実的には考えていませんでした。

　本当にいろいろなことについて、理由の乏しい思い込みによって思考が鈍らされていると痛感しています。だからこそ、藍ちゃん親子が実際に歩んできた道を知っていただき、皆さんとともになんとなくしか考えていないことを今一度自分に引き寄せて考えてみる機会を作りたいと思い、二人にこの本の企画を提案しました。


「原発事故」とともに二人の話の大きな柱がもうひとつあります。それが「デモクラティックスクール」です。初めてお聞きになる方もいらっしゃると思いますので、簡単に説明させていただきます。

　子どもの学校というものについても、「6歳の4月になったら、国が認可した小学校に行くものだ」と、それしかないという意識さえ持たずに小学校に通った、あるいは自分の子どもが小学校に行く手続きをした、という方もまだまだいるのではないでしょうか。それは、太陽が東から昇ってくると思わされているのと同じように。

　しかし、現実は国が認可した学校（以下、一条校）以外にも多種多様な生き方があります。基本的人権を謳った民主主義国家である日本においては、子どもにも大人と同じように自分に合った生き方をする権利があります。つまり、子どもが自分に合った最善の学び方と成長する場所を自分自身で選べるように、大人はサポートしていかなければなりません。これまでにも、認可された場や方法以外に多様な道を、子どもが、各家庭が、そして市民自身が作り上げてきました。

そのひとつとして、私たちはデモクラティックスクールを日本にも実現しようと、１９９７年から兵庫県で活動しています。デモクラティックスクールの大切にしている理念は、「子どもたちは生まれながらにして好奇心をもっていて、自分で成長する力をもっている」というもので、その特徴は次のとおりです。

1. 何をするか、学ぶかは自分で決める
（大人が先に決めたカリキュラムや時間割はない）

2. 民主的に自治を行う
（子どもたちで校則、学費、開校時間、人事などを決める）

子どもたちは先生ではなく、スタッフという立場の大人を雇って、頼みたいことを仕事としてお願いしています。私も開校以来ずっとクビにならずに、スタッフをしています。普段はよき仲間としておしゃべりしたり、遊んだりして

います。教えてほしいと声をかけられると、英語を教えたり、パソコンでの調べものを手伝ったりします。自治の話し合いをするためのミーティングにも出席して、子どもたちとともに対等な1票を持つ立場でスクールの運営責任を担っています。また、見学者の案内をしたり、書類整理をしたりといったスクールを支える裏方もしています。

藍ちゃんとも、たくさんのことを一緒にさせてもらいました。高等学校卒業程度認定試験（高認）に向けての勉強をみてほしいと頼まれたので、1年間一緒に取り組みました。また、バンドでキーボードを担当してほしいと声をかけられて、四十半ばを過ぎてからバンドデビューさせてもらいました。年2回開かれる総会の準備もしました。当日は子ども、スタッフのみならず保護者もきて、来年度の〈まっくろくろすけ〉のことを決めていきます。年間のスケジュールや、スタッフの給料の額も含めた年間の予算案などです。みんながしっかり話し合えるように、準備係として長い時間をかけ、用意して臨みましたが、後日「会議のスピードが早すぎて話しづらかった」と言われて落ち込んだりもしました。卒業式などのパーティーについても藍ちゃんとともにいろいろと計画したことがあります。楽しいことも、大変なことも、よき仲間として過ごした5年間は鮮やかに記憶に残っています。

藍ちゃんのお母さんである美紀さんについて印象深いのは、中学校を完全に

やめることに不安がっていたのに、それが次第に変わっていった姿です。

藍ちゃんが中学2年の12月末、二人は〈まっくろくろすけ〉に訪ねてきてくれました。「お正月休みが明けて、福島から戻ったら、〈まっくろくろすけ〉に入学したい」と藍ちゃんが言いました。まだ正式に入学に向けての体験もしていないのに、「もうはっきり入学すると決めている」と言うので、驚きました。藍ちゃんたちが参加していた「保養キャンプ」は卒業生の親御さんたちが主宰していたこともあり、それまでも二人と何回も会うことがありました。秋に会ったときには、兵庫に来てから藍ちゃんの体調が悪いこと、中学校をやめたがっていることについて、美紀さんは卒業生の親御さんに相談していました。横で聞いていて、「正直、子どもの心が求めているものを受け入れ、横でしっかりとともに歩んでいけるような親御さんではないな……。藍ちゃんがたとえ学校をやめて〈まっくろくろすけ〉に来ても、それに寄り添うのは難しいのではないか」という印象を受けたのを覚えています。なので、美紀さんが「娘が〈まっくろくろすけ〉に通うことに決めたので、よろしくお願いします」とはっきりと言われたことにとても驚きましたし、本当に腹がくくれているのかなぁと疑問にも思っていました。

しかし、この心配は失礼なものだったと反省することとなりました。そこで、美紀さんの中でどんなふうに心が動いていったのか聞いてみたいなぁと思い、お話会で体験談を聞かせてもらいました。そのとき、聞きに来た親御さんたちが、美紀さんに励まされ、涙を流しているのを目にしました。単に泣くのではなく、自分も変わっていこうと勇気がわいてきているようでした。

親子で自分たちの歩みを振り返り、整理してしっかりお話しできる方はそう多くないのではないでしょうか。小さいころは怖かったお母さんと藍ちゃんが、今はとてもいい関係であり、人生のパートナーであることがよくわかります。直接お話を聞く機会が持てない人たちにも二人の声を届けたいです。

藍ちゃんと美紀さんのストーリーの始まりに期待しています。

●もくじ●

もくじ

第2部　お母さんの美紀さんの話

大関 美紀

もくじ

第1部

藍ちゃんの話

私は、1999年に福島県郡山市で生まれ、小学校卒業まで郡山市に住んでいました。小学5年生のとき東日本大震災を経験し、中学校入学を機に祖父母の住む田村市に引っ越しました。

そして中学2年の8月、自主避難のため兵庫県に引っ越しました。最初は地元の中学校に通いましたが、自分がこれから何をしていきたいのかということを考えはじめ、しばらく休学した後、2014年2月にデモクラティックスクール〈まっくろくろすけ〉に通うことを決心しました。

そこでいろんな人たちに出会い、自分のしたいことをとことんやりきって、2018年3月に卒業。その年の10月、オーストラリアへ旅立ちました。

第1章　学校と私

幼少期～窮屈だった保育所と幼稚園

小さいころは、人見知りもせず、誰に対してもフレンドリーな性格でした。人と関わるのは好きでしたが、好きな場所は自分の家でした。

3歳になって、親の仕事の都合で保育所に週一、二回程度行くようになりました。私は保育所に行くのが嫌で保育所に着いたとたん、泣いていた記憶があります。泣くといつも保育所の先生に怒られたので、先生が怖くて萎縮していました。

4歳になり、幼稚園に通うようになりました。私が通っていた幼稚園は、体操の時間やダンスの時間などがカリキュラムに組みこまれていて、その上マーチングバンドの練習があったので、私にとってとても忙しい毎日でした。そのうち、幼稚園は窮屈だなと思いはじめました。

たとえば、小さいころは食が細かったのですが、幼稚園では決められた量の給食が出てきて、残してはいけませんでした。先生に掛け合っても、「具合が悪いとき以外は残してはいけません」の一点張りでした。

集団行動が苦手な私は、幼稚園に入ってから何かと先生から怒られるようになりました。体操の時間に整列しなければならないときでも、私は「ブランコで遊びたい」と思ったら、ブランコのところへ行ってしまうような子どもだったので、そのたびに列に連れもどされ、怒られていました。

両親とも仕事をしていたため、幼稚園が終わった後は学童保育に通っていました。長期休みの間は幼稚園が休みで学童保育だけだったので、お昼寝の時間がありました。私はどうしてもそのお昼寝の時間に眠れなかったのですが、寝ないと先生に怒られるので、無理にお布団に入って目を閉じているという状態でした。

マーチングバンドの練習では、楽譜を忘れてきた友だちがすごく怒られているのを見て、怖くなりました。

家でも母が厳しく、いつもビクビクしていました。自分がやりたいことを実行に移すかどうかの判断基準は、母に怒られるか怒られないかでした。

幼稚園に通い始めてから、私にとって「大人」という存在は、何か言われたら絶対に従わないといけない、怖くて絶対的な存在になりました。

小学校時代～学校に行きたくなくなった理由

小学校に入学した当初は、目立つのが好きで、何にでも挑戦しようと張り切っていました。しかし、入学から少し経ったある日からいじめを受けるようになりました。私をいじめていた4人組みグループの一人は幼稚園から一緒の子で仲が良かったので、突然いじめが始まり、原因がわからず戸惑うばかりでした。

小学1年生から3年生まで無視をされたり、靴を隠されたりして、学校に行きたくなくなりました。母に相談しましたが、学校に行くしか道はなく、担任の先生に相談すると、余計いじめがひどくなりました。なぜなら、先生は頭ごなしにその子たちを怒り、理由も聞かなかったからです。

そして、いつからか私は、どんどん心の余裕をなくしていきました。「学校に行かなければならないのだ」と考えると具合が悪くなるという状態はほとんど毎日でした。

私は、もともと人と話すのが好きで、誰かと遊んだりせずに家にいるのはつまらないと思っているような性格でした。しかし、小学校に入って、人と違うといじめられる、人の機嫌を損ねたら自分が怒られる、などと思うようになり、人と関わるのが嫌になりました。何をするにも人の顔色ばかりうかがい、自分のやりたいこと、言いたいことをいつしか自分自身が無下に扱うようになりました。

先生という存在は、年を追うごとに私の中で絶対的になっていきました。何か先生に頼まれて、嫌な顔をしたら怒られる、すぐやらないといけない。このような状況が多々あり、先生のいうことには絶対従わないといけないんだという考えが私の頭の中に植えつけられました。私の中で先生、大人は怖い存在だと認識した出来事がふたつあります。

まずひとつ目は、4年生のときです。私は、歌が好きなので合唱部に入りました。その学校の合唱部は、過去に一度全国優勝したことがある強豪校で、放課後は毎日練習がありました。コンクール前は、終了時間が過ぎても、課題をクリアできるまで練習が終わらないという日々でした。あるとき、部員の一人の親があまりにも帰宅時間が遅いので学校に電話したら、合唱部の顧問の先生が「なんでこれくらいのことで電話をかけてくるんだ」とその子に怒りました。

他の先生や校長先生が「もう時間も遅いので練習を終わっては？」と声をかけても、その先生は聞く耳をもたず、怒るだけでした。

夏休みも、終日練習があたりまえで、顧問の先生の思い通りにならないと何回もやり直しをさせられ、水分補給の休憩もなし、昼ごはんも抜きでずっと立ちっぱなしというときもありました。一人の子が耐えられず倒れてしまったとき、先生は「倒れるぐらいなら、その前に座れ！」と怒りました。

別の日に、ほかの部員が倒れそうになって座ると「なんで座るんだ！　立て！」と怒りました。なので、夏の間は、倒れる子が続出しました。

風邪で部活を休みたいと申し出たときも怒られました。なんとか4年生の間は続けましたが、精神的に追いつめられて、5年生のときに退部しました。合唱部を辞めたら、心が軽くなった気がしました。

ふたつ目は、5年生のときです。自分の気分次第で怒鳴る先生が担任になり、毎日誰かが怒られるという状況でした。いつもその先生は、誰かを叱るとき、別室に呼び出すのですが、一人の子は別室で平手打ちされたと言っていました。

私は、みんなが掃除をしているときに、教室にある先生の机のところに呼び出されました。その内容は、私が図工の時間に描いた絵の色づかいがおかしいというものでした。私は、先生が言っている意味がわからず、ただ怒られ続けました。

そのようなことが重なり、学校を休みがちになりました。両親が校長先生に掛け合ってくれたり、他のクラスメイトもその先生のひどさを校長先生に訴えたりした結果、6年生になると担任の先生は変わりました。しかし、同じ校内なので、廊下ですれ違ったり、何かの委員会でたまたまその先生が担当だったりすると、びくびくしていました。

東日本大震災が起こって

2011年3月11日。私は小学5年生でした。震災当日は学校にいました。数日前から余震が続いていたため、最初揺れ始めたときはさほど気にも留めていませんでした。しかし、だんだん揺れが強くなり、教室で飼っていたメダカの水槽やロッカーが倒れ、窓ガラスが割れました。その日は晴れでしたが、揺れが収まり校庭に避難したときには、吹雪になっていました。体育館や校庭を行き来しながら、親が迎えに来てくれるのを待っていました。震災直後は電話が混線しており、迎えに来てくれたのも夕方の5時くらいでした。

そのまま例年より長い春休みに入りました。春休みの間はすごく暇だったので友だちと遊んだりしました。原発事故のことはメディアでも連日取り上げられていましたが、あまり気にしていませんでした。一緒に遊んでいた友だちの中の一人が避難をすると言ったときも、なぜ避難するのか、私には理由がわかりませんでした。福島県では当時、「安心してください。大丈夫です」という情報しか流れていなかったので、それを信じていた人は多かったと思います。

その後、学校が再開しました。当初は、夏でも長袖、長ズボン、マスク、帽子の着用が義務づけられ、外に出ることも制限されていました。私の通っていた小学校は放射線量が高かったので、マスコミなどもたくさん取材に来ました。その中のひとつであるテレビ局の方は、「外に出たい子どもたちという画で撮りたいので、みなさん外を眺めてください」と言いました。私はそれを聞いて、みんながみんな外に出たいと思っているわけではないのに、これは「やらせ」ではないかと思いました。

その小学校は県内で最初に校庭の表土除去をしたところのひとつでした。表土除去をしている間は砂ぼこりが舞って、それを吸い込むと放射能が体内に入る危険があるので、表土除去の期間中は窓を開けてはいけないと学校側から言われていました。

しかし、私のクラスの担任の先生は「暑いから開けよう」と窓を開けてしまいました。

みんな室内ではマスクを着用していなかったので、もしかしたら放射能を吸い込んでしまったかもしれません。

放射能に対する意識の相違

私の母は放射能の危険性を強く意識していたので、屋外での体育には参加しない、給食の牛乳は飲まない、放課後友だちと遊ぶときも室内でと約束していました。母は、給食のお米が県内産のものに戻ることになったとき、お弁当を持っていかせようとしました。しかし、私はそれを拒否しました。なぜなら、お弁当を持ってきていたクラスメイトの男の子が、毎日給食の時間になると、クラスメイトの何人かの男の子にお弁当を振られたり、キャッチボールみたいに投げ合われたりして、中身がぐちゃぐちゃになってから渡されるといういじめを受けていたからです。それを見て、自分もそんな目に遭ったら嫌だなと思い、お弁当は持っていきませんでした。

その年の夏休みになると、みんなの放射能への意識も薄れだし、危険だと言っている方がおかしいという雰囲気になっていきました。放課後、公園で遊ぼうと誘われ、断ったらいじめられたなどという話も聞きました。私は自分がどうやったらいじめられないかと考えるのに必死だったので、放課後、公園で遊ぼうと誘われたら、母に「〇〇ちゃんの家で遊んでくる」とうそをついて遊びに行ったこともありました。

今思えば、母に申しわけない気持ちでいっぱいです。

小学生のときは、放射能の危険性などわかっていませんでした。なぜなら、みんな普通に暮らしているし、外に出たからといってすぐに死んでしまうようなことはなかったからです。

震災の年の夏くらいから、県や国はもう復興の方向に進んでいたと思います。実際、学校でも私の学年は、沖縄国際映画祭に出品する復興のＣＭを作りました。制作しているときは何も感じていませんでしたが、今になって、自分の家は「なるべく県外産の野菜を買う」「水道水を飲まない」などしていたのに、他県の方々、他国の方々に「福島に来てください。福島の物を食べてください」と言ってしまったことを申しわけなく思います。

クラスメイトを含め、学校全体で何人もの子が避難していきました。もともと転校生や転入生が多い学校だったので、転校する人が多くてもあまり気に留めませんでした。

ある日、縄跳び大会の練習のときのこと。普段は体育館でするのですが、その日は校庭での練習でした。私は、校庭での授業は見学していたので参加しませんでした。クラスには何人かそういう子がいましたが、他のクラスにはあまりいないようでした。すると担任の先生は、

「みんなが参加しないから記録が伸びない。なんでこのクラスは参加しない子が多いの！」と私たちに怒りました。

私たちはそれに反論もできず、ただ聞いていることしかできませんでした。

祖父と母の対立

その後、私は母方の祖父母の家に引っ越しました。祖父母の家は同じ福島県内でも、私が住んでいたところよりも原発からの距離は近いのですが、空間線量は低かったのです。

原発に距離が近いため、町内には仮設住宅がたくさんあり、同じ中学校にも何人か仮設住宅から通う子がいました。ある日、原発が必要かどうかという話になったときに、仮設住宅で暮らす子は、「自分のお父さんは東電からお金をもらって生活をしていたから、原発は必要だ」と言いました。

原発の話題自体タブーな雰囲気の中、たったひとつの意見の違いではありますが、友人関係に溝ができた気がしました。

引っ越し先の中学校がある地域は、空間線量が低いので以前住んでいた地域の人たちより放射能への意識が低いように感じました。少なくとも私の学年で放射能の危険性を意識している家庭は私の家だけだったと思います。ほとんどの家庭が自分の家で野菜などを作っているからかもしれません。友だちの家に遊びに行くと、自分の家で採れた野菜などを出してくれることもしばしばで、それは祖父母の家でも同様でした。祖母は放射能について多少意識していましたが、祖父はまったく頭にありませんでした。祖父は家庭菜園をしていて、そこで採れた野菜を私に食べさせたかったのです。しかし、母は私に測定をしていないものを食べさせたくないという思いがあります。そんな行き違いから喧嘩が増え、家族に溝が入ったようでした。祖父はどうしても私に食べさせたいので、「食べちまえばわからないから」と言って、私の口に詰め込んできたりもしました。

そのような対立も自主避難に至ったきっかけのひとつです。どちらの言い分もわかるけれど、家族なのに対立をしてしまうのはやはり悲しいです。

家族、友だちへの想い

私と母は中学2年の夏休みに兵庫県へ引っ越しましたが、母方の祖父母はまだ福島県内に住んでおり、父方の祖母は宮城県、そして父は茨城県に住んでいます。小・中学時代の友だちは、大学生になり関東方面へ行った子や福島に住んでいる子など、さまざまです。

兵庫へ避難した当初は、福島の友だちへの申しわけないという気持ちに苛まれました。福島にいるときは体調がすぐれなかったため、福島に住み続けて大丈夫なのだろうかという不安があったからです。福島に住み続けている友だちに健康被害は出ていないのだろうかと心配でもあり、そこから避難した私は福島を捨てたことになるのではないかと思い悩みました。今もその気持ちは変わりません。

母方の祖父母には、年に2回くらい会いに行きます。福島に帰ると、やはり精神的にリラックスでき、ここが自分の故郷だと感じます。しかし、帰ると避けて通れないのが食べ物の問題です。当然ながら、福島では地元の食べ物が多く売られています。そして、趣味で家庭菜園をしている祖父は自分の作った野菜、つまり福島県産の作物はおいしいから、と私に食べさせたがります。でも母は私を守るために、祖父に「食べさせないで」と言います。そんなとき、祖父はときどき悲しそうな顔をします。私も本当だったら食べたいのだけれど、福島県産のものを食べたことで、体内に放射性物質が入り「もし」将来なにか起こったらと考えると、避けられるリスクは避けるべきだと思い、祖父にすすめられても食べません。

祖父母は、会うたびに老いていっています。いつまでも元気でいてほしいけれど、行くたびに、自分ではできないことが増えていっているようです。私にとって母方の祖父母は小さいころから近い存在であり、祖父母というより親のような感覚です。身近な存在だからこそ、離れていても心はつながっているし、いつもすぐそばで見守ってくれている気がしますが、もっと近くにいたいという思いは年々増していきます。年をとって二人で生活するのが大変そうな姿を見ると、あと何回会えるのだろうかとも思いますし、祖父母から「あれが大変、これが大変」と聞くと、自分が近くにいたら手伝えるのに、というもどかしい気持ちがあります。

父方の祖母にも福島に帰ったときには、会いに行きます。祖母は、結構な年齢になっているのですが、一人暮らしを続けています。一人で生活していくのが大変そうなのも伝わってきますが、祖母は私たちに心配をかけまいといつも明るく振る舞っています。そんな姿を見ると、もっと祖母に会いに行きたいけれど、現実は会いに行けないという葛藤に苛まれます。

父とは、たまに会いますが、放射能についての話はまったくしません。父は、前から放射能や避難することに対して、あまり理解を示していませんでした。原発は廃炉した方がいいと思うが、放射能が危険だとは思わないという考えです。その考えが理解できないというわけではありません。なぜなら、私の祖父母や友だちもそうですが、震災前と何ら変わりない生活を送っているからです。まるで原発事故なんてなかったかのように。

放射能を気にしている私たちがおかしいのではないかと思うくらい、周りの人は普通の生活を送っています。福島県に住んでいる人でさえ、原発事故のことを忘れていっている気がします。もしかしたら、忘れたい、あるいは忘れてはいないが気にしていないように振る舞わなければならないのかもしれません。

兵庫県の中学校で

兵庫県に引っ越した当初は、夏風邪や手足口病、髄膜炎、胃炎など体調不良が続き、あまり学校に行けなかったため、教室とは別の部屋で先生に勉強を教えてもらっていました。ある日、その先生が私に「津波で家が流されたわけでもないのに、なぜ引っ越してきたの？」と聞いてきました。

今思えば、純粋な質問だったのかもしれませんが、私はその言葉がショックでした。まず原発事故による放射線被爆への理解の差にショックを受けました。やはり福島と兵庫では距離があるので、なかなか理解しづらいものがあるのでしょうが、その差がつらく感じられました。福島県内でも放射能への意見はさまざまですが、どこか仲間意識がありホッとしている自分もいました。

気づけば、学校への不満が限界に達していました。先生に言われた一言により、自分はこのまま学校にいたら心が壊れると思いました。それまでは我慢して先生の言うこと、親の言うことに従っていましたが、もう自分というものがわからなくなり、怖くなりました。いろんな理由がそのときに重なり、その中学校には通わなくなりました。

中学時代を振り返って～福島と兵庫の中学校

最初に通った福島の中学校は、県内でも田舎の方にありました。転校生が少ないなか、入学と同時に私が来たので、みんなからもの珍しい目で見られました。私は、先ほども書いた通り、学校に行きたくないという気持ちを持っていたので、校門をくぐった瞬間吐き気に襲われました。中学生になると、先輩との上下関係や先生との関係が小学生のときより厳しくなったことにもストレスを感じました。その後、中学2年生の夏休みに兵庫県へ引っ越し、福島県の中学校と兵庫県の中学校ではこんなにも違うのかと驚きました。それぞれの中学で過ごした期間はわずかでしたが、いくつか違いを挙げてみようと思います。

福島では小学生のときから無言清掃を目標に掲げられており、話しながら清掃をしていると先生に叱られました。なかには、必要なこと、たとえば「机を運んで」といった連絡事項さえ話してはいけないと言う先生もいました。また、清掃時は必ず紅白帽子をかぶらなければなりませんでした。紅白帽子をかぶっていないと、それも注意の対象になりました。兵庫県の中学校にはそういう規則はまったくありませんでした。とにかく掃除ができていればいいという考えのようで、私にはそれが衝撃的でした。

福島県の中学校では、先生と話すときは必ず敬語と決められていました。話が盛り上がって、少しタメ口をきいただけでも叱られました。兵庫県の中学校では、そんな些細なことでは叱られないようでした。私は、いつも先生への言葉遣いには細心の注意を払っていたので、先生との関係性の違いを感じました。

いずれにしろ中学校は狭い社会で、私にとっては居心地のいいところではなく、違う道を歩むことを決意しました。

「保養」での〈まっくろくろすけ〉との出会い

２０１１年の夏以降、「保養」に毎年参加していました。「保養」とは、原発事故の被災地の子どもたちを放射線量の低い地域に招いてくれる活動です。

そのうちのひとつ、兵庫県神崎郡にある光円寺で、「保養」の活動を推進している僧侶の後藤由美子さん、そしてデモクラティックスクール〈まっくろくろすけ〉のＯＢ・ＯＧに出会いました。「保養」では、朝のミーティング、夜のミーティングがありました。朝のミーティングでは、その日することの確認や何をしたいかを話し合い、夜のミーティングでは、明日はどこに行きたいか、話し合って決めました。

私は、そこで初めてミーティングというものに参加しました。ほかの「保養」にも参加したことがありますが、ほとんどの「保養」は大人がオーガナイズしてくれて、私たちはそのプログラムに参加するというものでした。それはそれで楽しかったのですが、私にとってはミーティングで話し合い、みんなで「保養」を作り上げていくのは新鮮な体験でした。その「保養」で何回か〈まっくろくろすけ〉の場所を借りて遊んだことがありました。それが〈まっくろくろすけ〉との出会いです。

この「保養」に参加しなければ、〈まっくろくろすけ〉の存在、そして話し合うことの大切さも私は知らないままだったでしょう。

第2章　デモクラティックスクールと私

〈まっくろくろすけ〉への入学の決意

中学校に通わなくなってしばらくの間は家にいました。そして、母と今後どうするか話し合い、デモクラティックスクール〈まっくろくろすけ〉に通うことを決めました。

「デモクラティックスクール」とは、文字通り民主主義の学校です。子どもたちは、何を学ぶか、どう遊ぶか、すべて自分自身で決め、学校運営についてもみんなで話し合って同意のもとで進めていくのです。１９６８年にアメリカのマサチューセッツ州で誕生し、２０１９年現在、日本でもおよそ10校が活動しています。兵庫県神崎郡にある〈まっくろくろすけ〉は、その草分け的存在でした。

兵庫県に引っ越してきてから、「自分が今何をしたいのか」「何を考えているのか」、何度も自問自答を繰り返し、自分は学校がずっと嫌いでいやいや通っていたことに気づき、学校のことを考えると体調が悪くなってしまったりすることから、精神的にももう限界だという結論に至りました。それなら別の道があるのではないかと母と話し合い、〈まっくろくろすけ〉の体験入学に行くことにしました。

初めての日は、一日中ほとんど寝ていました。なぜあんなに寝られたのか、自分でもわかりませんが、すごくリラックスしていたのを覚えています。自分の好きなことをしていい、そして何もしなくてもいいという環境が居心地よく、1回目の見学後すぐにでも通いたいと思いました。ここなら本当の自分を出してもいいんだと感じました。

自分の頭で考え、発言する大切さ

まず、誰にも指図されないということに戸惑いを感じつつも新鮮でした。それまでは、学校では先生、家庭では親に指図をされて動いていたので、自分で考えて行動したことがありませんでした。ですから、〈まっくろくろすけ〉に通い始めた当初は、何をしたらいいのか、戸惑いました。しかし、「何をすればいい」のではなく「自分が何をしたいのか」なのだと気づき、考えてみると、やりたいこと、今までやりたくてもやれなかったことがたくさんありました。こんなにやりたいことがあったんだと自分でも驚きました。

次に、〈まっくろくろすけ〉では何事も話し合いで決めるということが驚きでした。私は〈まっくろくろすけ〉に入るまで、自分の意見を持つことの大切さを考えたこともありませんでした。なぜなら、小学校や中学校では先生の言うことに従っていればよかったからです。むしろ、自分の意見など発表してはいけない雰囲気だったので、意見を持つ方がつらく、意見を言うこと自体、恐怖でした。人の顔色をうかがうばかりで、先生の言うことをただ聞いているしかありませんでした。

〈まっくろくろすけ〉では、その真逆でしょっちゅう自分の意見や考えを求められました。最初はそれに戸惑い、自分が何を考えているのか、それをどう言葉にしていいのかわからないことも多く、意見を言うときも誰かに悪く思われるのではないかとおびえていました。しかし、ほかの子たちを見ていると、自分の意見を言っても頭ごなしに批判する人がいないことに気がつきました。よりよい答えを見つけるために質問や意見を出し合っていました。それでも最初は、なかなか自分の意見を言うことに躊躇したりしましたが、徐々に発言することの楽しさ、人の意見を聞くことの喜びを感じるようになりました。それまでは「人にどう思われるか」を行動基準にしていましたが、「自分がどうしたいか」で判断する機会も増え、いろんな経験をし、多くのことを学びました。

〈まっくろくろすけ〉に入って3ヵ月目、14歳のときに、メンバー&OB・OGとその保護者が発行する『ウィズキッズ通信』に書いた文章を紹介します。

話し合い

世界には、もっと話し合って、みんなが納得するようなベストな答えを導き出さねばならないことがたくさんあると最近やっとわかりました。

私は、約8年間学校に通っていますが、デモクラティックスクールに通いはじめて、通常の学校とデモクラティックスクールの大きな違いが見えてきました。中でも、一番大きな違いは、「話し合い」の仕方です。

通常の学校での「話し合い」は、賛成と反対に分かれ、お互いを否定し、攻撃し合う感じです。結局、収拾がつかなくなり、最終的に先生がどうするかを決めて生徒を従わせることになりがちです。一方、デモクラティックスクールでは、賛成と反対に分かれるのではなく、相手の意見を受けとめ、それを踏まえたうえで自分の意見を言うのです。最初にその様子を見たときは、すごいなぁと感心しました。

今の学校では、自分の意見を相手にぶつけ、やじをとばし合い、お互いを傷つけ合って、その「話し合い」のときに傷つけられた心はプライベートな関係にまで影響し、いじめなどに発展することも多いようです。デモクラティックスクールでは、いじめなどは一切ありません。みんなで話し合ったことなのだから「きまりを守ろう」と一致団結するのでしょう。

ほとんどの人が学校という狭い社会におしこめられて大人になっていくのですから、それでは世界は悪くなる一方だと思います。みなさんも、一度は国会中継を見たことがあるでしょう。私は国会中継を見るたびに、「大人なのにまともな話し合いができないのか！　やじばっかりとばして、こんな様子を国民に見せて恥ずかしくないのだろうか」と思っていました。でも今は、国会議員になるような人は狭い社会でしか生きてこなかったのだからしょうがないか、と思いはじめています。だって、相手の意見を受けとめる「話し合い」というものを知らないのですから。学校でそういう教育をし、自分の意見をもたせない、個性をなくす、それが今の日本です。そして、そういう子どもが大人になれば、「話し合い」もまともにできなくて、国のいう通りにし、世界が壊れるのです。

私は、そういう世界は大嫌いです。「なぜ、みんなで話し合って、答えを導けないのだろう。日本には本当に戦争はないと言いきれるのだろうか。見えないところで戦争が起こってるんじゃないか」。そんなことを考えてしまいます。

私は、学校に通っているときは、先生の言うことを聞く一方で、自分の意見を言いませんでした。自分の意見を言えないのではなく、言わせないのです。でも、デモクラティックスクールに通うようになり、今までの生き方は自分が求めていたものではないと思いました。そして、今は相手の意見を受け止め、それを踏まえて自分の意見を言おうと努力しています。でも、ときどき相手の意見を否定してしまいそうになります。通常の学校に長く通っていたからかもしれません。学校の影響は強くて怖いものだと、今実感しています。私たちは日々「話し合い」の中に生きています。みんながちゃんと話し合えば、戦争、原発、いじめ、飢えなどに苦しまなくてすむような世の中がやがて訪れるでしょう。そのためには、相手の意見を尊重する「話し合い」の方法を学校で教えていかなければならないと思います。まずは、学校教育の本来のあり方をみんなで考え、みんなで学校を立て直していかなければならないと思います。学校教育の本来のあり方をみんなで考えるためにも「話し合い」が必要になってきます。

やっぱり、人はいろんな人とつながり、いろんな人と話し合うからこそ生きていけるし、平和な世界をつくるためにはそれが必要不可欠だと思います。

私は、今は世界が嫌いです。何でも隠そうとするところが、すごく嫌です。原発のことも本当のことを伝えようとしない。戦争のことも、戦争が起きている地域での問題としかみんなとらえていない。いじめも、いじめられる方が悪いと考える。

そんな今の社会はおかしいと思います。私は、まだ子どもだからとかそんなことにこだわらず、今自分のできることをしていきたい。そして最終的には、今の世界を変えて、平和な世界にしたい。みなさんも狭い社会に閉じこもらず、自分の問題としてもっと自由な社会で自由に話し合い、答えを出し、平和な世界になるよう協力してほしいです。

異年齢の中で気づいたこと

〈まっくろくろすけ〉では、小さい子から大きい子までいろんな年齢の子が同じ空間で生活しています。最初は、この環境に少し戸惑いました。それまで自分より年下の子と接する機会は少なかったし、年下と接すること自体が苦手だったからです。

しかし、〈まっくろくろすけ〉で過ごしていく中で、なぜ年下の子が苦手なのか気づきました。それは、私が勝手に気を遣いすぎていたのです。特に何を言われたわけでもないのに、「自分が年上だから、相手の意図をくみ取って先回りしてやってあげなければ」という気持ちが自分の中で強かったことがわかりました。

〈まっくろくろすけ〉で過ごしていく中で、みんなが相手を一人の人として同等に見ていて、相手の気持ち、意見を尊重していることに気づき、それからは楽になりました。そして、年齢にかかわらずいつの間にか仲良くなっていきました。

〈まっくろくろすけ〉では、一日中ゲームをしている子がいたり、バスケや鬼ごっこなど外で遊んでいる子がいたりと、みんな思い思いに過ごしています。ゲームが好きな子にすすめられてスマホのゲームをしてみたり、自分が普段やらないようなことにも挑戦できて、そこから視野が広がったりもしました。

たわいもない会話をしているときも同じです。日常会話の中でも「この人はこういうことを考えているんだな」とわかり、みんなと話すのがとても楽しかったです。掃除の時間でも自分が掃除の仕方を教える立場になったときに、気兼ねなくみんなが聞いてくれるのがうれしかっ

たし、自分が教えてもらう立場になったときに「年下に教えてもらうのは恥ずかしい」などといった感情は一切ありませんでした。

それを含め、何事に関しても頼ったり頼られたりという関係性がとても心地よく感じられました。仲良くなった子にお誕生日会に誘われたりなど、〈まっくろくろすけ〉に通わない日も遊ぶことが多くなり、友だちが増えてうれしかったです。今では、何事においても年の差など関係ないと思っています。その人がどう思っているかを大事にしたいと思いました。

バンド部〜興味のあることにチャレンジ

私は、以前からギターを弾いてみたいと思っていました。しかし、勉強や部活など日々の生活で忙しく疲れていたこともあり、いつかできたらいいなくらいにしか思っていませんでした。〈まっくろくろすけ〉で、一番初めにやりたいこととして思い浮かんだのが、ギターを弾くことでした。私は、ギターを本気で習ってみたいと思い、大学生やボランティアの方など、いろんな方に教えていただきました。また、それと並行してバンド部にも入りました。

バンド部は、私が〈まっくろくろすけ〉に通う前からあり、演奏は以前聴いたことがありました。そのとき、バンド部の人たちが楽しそうに堂々とみんなの前で演奏しているのを見て「かっこいいな」と思っていました。

最初は何曲かだけの参加でしたが、どんどん演奏できる曲も増えてきて、何人かで演奏する楽しさを覚えました。ギターを練習しているときは一人で曲を奏でていますが、メンバーで演奏して曲を奏でたときの感動は忘れられません。いろんな場所でライブができたこともいい思い出です。遠出をするときのガソリン代やその他の消耗品、機材などは部費から出るので、部費が足りないとき、バンドのメンバーでアルバイトをしたりお菓子を売ったりして資金集めをしたこともいい経験になりました。

バンド部のメンバーが〈まっくろくろすけ〉を卒業したり、やめたりしたときに、勧誘して新しい子が入ってくれたときの喜びは大きかったです。最終的にはバンド部は自分を含め７名になり、私は部長と会計係をしました。

それから、フリースクールやオルタナティブスクール全体でライブハウスでライブを開催する計画を立て、いろんな方に支えてもらいながら助成金を申し込んだりしました。自分で助成金を申し込む機会などなかなかなく、初めての経験だったので、楽しくもあり大変でもありましたが、助成金が下りて大阪のライブハウスで関西のスクール合同のライブを実現することができ、大きな達成感を味わいました。

バンド部の活動を通して、大好きな音楽の楽しみ方が広がり、いろんな方とつながることができたのは大きな収穫です。

木工～苦手なことにチャレンジ

私は、小・中学校では図工や技術の授業が苦手で、評価もいつもパッとしませんでした。木をまっすぐ切ることもできなかったし、釘をまっすぐ打つことさえまともにできたことがほぼありませんでした。けれどある日、ギターやベースは立てかけておいた方がよいと聞き、スタンドを作りたいと思いました。木工への苦手意識は強く、最初は迷いましたが、作りたい気持ちの方が勝ち、挑戦してみることにしました。スタッフに手伝ってもらいながら作ったのですが、やってみると楽しくて、作り終わるころにはまたやりたいという気持ちの方が苦手意識よりも強くなっていました。

その後もチラシを置く棚や、蔵の網戸などを作りました。すべて自分がやりたいと思ってやり始めたことなので、嫌だなと思ったことはありませんでした。そして、次々作っていくうちに自分の技術も上がっていくのを感じました。木をまっすぐに切ることができたり、釘を打つことができるようになったりと、今までできなかったことができるようになり、木工を通して「自分はこんなこともできるのか」と自信がつきました。

文化祭～自分たちで生み出そう！

デモクラティックスクールでは中学校のようにあらかじめ予定されている行事はありません。入学式もなければ、運動会も修学旅行もありません。自分たちで企画しなければ何もないのです。

私は、２０１５年に文化祭を企画しました。バンド部に入ったことにより、演奏をもっと人前で披露したいという思いが生まれたのと、みんなで楽しめることをしたくなったからです。企画するにあたって〈まっくろくろすけ〉のメンバーやスタッフ、他のスクールの方々などいろんな方に協力をしてもらいました。文化祭の企画で私が新たに挑戦したのは、人に物事を頼んでみるということです。

今まで私は、人に何かを頼むことは悪いことのような気がしていました。自分のために人が動くなんて申しわけないし、もし頼みごとをしたら嫌われてしまうのではないかと考えていたからです。小学校や中学校で頼みごとをしたとき嫌な顔をされたことがあったからでしょう。しかし、〈まっくろくろすけ〉では嫌な顔をせずに協力してくれるし、嫌なときはきっぱりと断ってくれました。純粋にイエスかノーかで答えてくれたのがうれしかったし、新鮮でした。

そして、自分はいろんな人たちに支えられて生きているのだと実感しました。16年間生きてきてやっと気づき、そのことに対する感謝の気持ちが生まれました。いろんな人に支えられて生きているのだから、私も誰かを支えられるような存在になろうと思いました。その後、〈まっくろくろすけ〉の活動の中で、自分にできることがあれば積極的に参加するようになりました。

会計〜責任を担う仕事にチャレンジ

〈まっくろくろすけ〉では、みんなで話し合って買うことになったものなどのお金を毎日の朝のミーティングのコーナーで申請して入金・出金しますが、子どもたちが使うものを買うお金は「子ども会計」が管理しています。私は、その役をやってみたいと思い、立候補しました。私にとっては、子どもたち自身でお金の管理もするということは新鮮でした。持っているお金と帳簿に書いてある額が違ったりすると、何が原因だったか調べて報告するなど責任は重大です。この仕事をすることによって、より一層スクールの運営に関わっている実感がわきました。たとえば、誰かが何かを買いたいと発言したときに、「今、○○円しか子ども予算はありません」と残高を知らせるなど、「子ども予算」について一番把握している者として、みんなに頼られることをうれしく思いました。

そして、自分が急に体調が悪くなったときや、予定があり休むときなどは、スタッフに連絡して「子ども予算」を預けたり、朝の会で休むことを伝えてもらったりしました。このことについてもいろんな人にお世話になり、支えてもらっているのですが、自分が動かないと何も起こりません。自分がそのことを伝えてほしいと頼み、初めて相手が自分を支えてくれるのです。前の私だったら、風邪で休むことさえ伝えれば自動的に「子ども会計」のことも何とかしてくれるだろうと思ったにちがいありません。しかし、風邪で休むことだけでなく「子ども会計ができないからこうしてほしい」と自分の考えを相手に伝えなければならないのです。以前は、相手は何も言わなくても私の考えをわかってくれると思っていましたが、「子ども会計」を経験したことにより、自分の考えを相手に伝えなければ何も始まらないことを学びました。

「子ども代表」～役職にチャレンジ

私は、約四年間〈まっくろくろすけ〉に通う中で、「子ども代表」という役職を二度経験しました。「子ども代表」とは生徒会のようなものです。メンバーとその保護者、そしてスタッフみんなで、学校運営のことや学費、スタッフの人事のことなどを話す年二回の総会のとりまとめが主な仕事です。

一回目のときは、推薦により「子ども代表」になりました。初めての「子ども代表」だったので緊張しっぱなしでしたが、同じく「子ども代表」になった子たちが支えて、協力してくれました。それと同時に私もみんなに協力しました。

私が「子ども代表」になった年は〈まっくろくろすけ〉を法人化するかどうか検討していたので、例年より仕事量が多かった気がします。しかし、大変だっただけでなく充実感もありました。役割分担をしているため、誰か一人でも欠けると全部の作業がストップしてしまいます。そこで、みんなで随時確認し合い、話し合う場を設けながら物事を進め、毎回、話し合いの進め方など、うまくいかなかったところはどうやったらスムーズにいくか、検討しました。それまでリーダーシップをとるような子は嫌われると思っていました。実際そういう子を何人も見てきたからです。しかし、司会をして話し合いを進めることや表に出なくてもレジュメを作ったり、話し合いに関わる人たちに連絡したりといった経験をすることにより、自分は必要とされている存在なのだ、ほかの誰一人として欠けてはいけない存在なのだと認識しました。

二回目は立候補しました。卒業をみんなに検討してもらう年だからというのも動機のひとつでしたが、最後の年だからこそ〈まっくろくろすけ〉でしか学べないことを、思う存分学びたいと思ったからです。二回目ということもあり、準備を進めていく順序や何のために今回話し合うのかなど理解して総会に臨めましたが、緊張感は一回目のときと変わりませんでした。レジュメに不備はないか、どうしたらみんなが理解しやすいかなど考えることも大変でそれが緊張につながっていましたが、ほどよい緊張感があったからこそがんばれたと思います。

それまでのやり方を改善したこともあります。たとえばレジュメについては、毎回総会が終わった後、大半の人に返されるので、数枚だけコピーして手元に欲しい人にだけ渡し、他の人はパソコンをテレビにつなぎ、それを見てもらうという形にしました。コピーをする手間や費用が省け、見やすかったと言ってくれた人もいました。こんなことも、子ども代表で話し合って決められたこそ意味のある行動だと思いました。

〈まっくろくろすけ〉に通うまでは、自分で考えたことを相手に伝え、そのことについてみんなで話し合う経験はありませんでした。自分の行動に何の意味があるのかと考えることもなく、ただ大人の言ったことに従っていれば平穏な生活が送れるのだと思い、漫然と日々を過ごしていました。

しかし、〈まっくろくろすけ〉では自分で考え、相手に伝え、みんなで話し合います。だからこそ自分の行動には必ず理由があるし、それは自分の考えに基づいて行っていることで、突き詰めれば自分の本質に行きつくのではないかなと思いました。自分がどういう人間で、何が好きか嫌いかなど自分のことを理解していなければ、相手のことも理解できないし、自分の意見さえもわからないのではないかと思いました。実際に〈まっくろくろすけ〉に通う前までの私がそうでした。

「子ども代表」をやったことにより、自分というものに向き合うことができ、それだけでなく相手がどう思っているのかを聞きたいという気持ちもわき起こりました。

英語～海外へ行く夢を目標に

私は小さいころから海外のものが好きで英語にも興味がありました。しかし、小・中学校と英語の授業を受けていくうちにどんどん英語が嫌いになっていきました。なぜなら、学校で習う英語はテストのためのものであって、会話をするためのものではないからです。私は、中学校のときの英語のテストで悪い点数を取ってしまい、何回も再テストを受けました。そのときは、ただ単語を暗記するだけだったので全然楽しくありませんでした。そして、テストが終わったらすぐに、その単語はもう忘れてしまいました。

〈まっくろくろすけ〉に通いはじめた当初は、もう絶対勉強はしたくないと思っていました。私はもともと勉強が好きではなかったので、もうしなくてもいいんだという開放感がありました。しかし、〈まっくろくろすけ〉で自分の時間がたっぷりある中、何をしたいか考えたとき、海外の人と会話ができるような英語を身につけたいと思いました。それから、ボランティアの方やスタッフに頼んで英語を教えてもらうことにしました。英語は、ギターと同様、〈まっくろくろすけ〉入学当初から卒業まで続けました。また、〈まっくろくろすけ〉に留学生が来るたびにその人たちと交流し、もっと英語が話せるようになりたいという気持ちが強くなっていきました。

幼いときに抱いていた「海外に行ってみたい」という夢は小・中学校に進むにつれ失われ、

「もっと現実を見なければ」という気持ちになっていたのですが、〈まっくろくろすけ〉に来て、意欲を示したら協力してくれる人がいることがわかり、可能性が広がりました。そして、私は絶対に海外に行くと目標を定め英語を勉強しました。すると、学校で勉強していたときより理解できるようになり、リスニングや会話力もぐっとアップしました。自分の合ったやり方とやる気でこんなにも変わるものなんだなと実感しています。

高校卒業程度認定試験〜将来に向かって

私は、平成28年度高校卒業程度認定試験を受け、合格しました。大学進学などで、将来、高校卒業資格が必要になったときに役立つだろうから、時間がある今のうちに勉強して受験しようと思ったのです。

〈まっくろくろすけ〉では、毎日1時間スタッフに勉強を教えてもらいました。問題が解けなかったら叱られる、その成績で評価されるといったことがないので精神的にもプレッシャーがなく、目標に向けて楽しく勉強を進めることができ、中学校で習った内容の中にも今回初めて理解できたことがたくさんありました。以前は勉強が苦痛だったので、勉強を楽しいと感じるなど思いもよらなかったのですが、苦手科目の数学でも問題が解けたときの喜びを知り、勉強への思いが変わりました。理解できる楽しさを学び、楽しんでした勉強こそ自分の身になることがわかりました。以前はテストになると緊張して頭が真っ白になったりしていたのですが、テスト当日も、今回はリラックスして受けられました。そして、結果的に合格できたので、今後また興味のある分野を勉強したいなと思っています。

「卒業を考える会」の審査

私は、2018年3月に〈まっくろくろすけ〉を卒業しました。

〈まっくろくろすけ〉は、通常の小・中学校のように出席日数が足りれば卒業できるというシステムではありません。卒業したい人は「卒業を考える会」を開いてもらって、審査を受けるのです。

〈まっくろくろすけ〉に通ううちに「絶対にここを卒業したい」という気持ちが、私の中で芽生え、年々強くなっていきました。なぜなら、私は〈まっくろくろすけ〉が大好きだし、〈まっくろくろすけ〉に通ったことは私の誇りだからです。〈まっくろくろすけ〉で学んだ多くのことは、これから社会で生きていくうえで、どれも大事なことだと思います。私は、卒業の約1年前に「卒業したい」とみんなに言いました。

まず、「卒業を考える会」の審査を受けるために、次の3つの条件をクリアしなければなりません。

1．3年以上メンバーでいること。
2．卒業を考える会までの1年間の出席率が6割を超えること。
3．自治に積極的にかかわること。

「卒業を考える会」ではメンバーとスタッフの前でスピーチをして、〈まっくろくろすけ〉の卒業生としてふさわしいかどうか検討してもらうのです。

最後の1年間は、みんなにスピーチをするために〈まっくろくろすけ〉で何を学んだのか常に考え、まだ自分に足りないのはどんなところか、さらにどんなことを学べるかと考えて過ごしました。

「卒業を考える会」でのスピーチの日が近づくにつれ緊張が高まり、当日は18年間生きてきた中で一番緊張しました。スピーチ原稿を書くときも、何を学んだのか、これからそれをどう生かしていくのか、いざ言葉にするとなると難しく四苦八苦しましたが、自分と向き合う作業を通じて、自分の感情や考えを整理することができました。まだまだ成長過程ですが、〈まっくろくろすけ〉に通った約4年間の成長はめざましいものだったと我ながら思います。

次のページで、「卒業を考える会」でのスピーチを紹介します。

〈まっくろくろすけ〉で学んだこと・やったこと

◎学んだこと

私が〈まっくろくろすけ〉で学んだことは、大きく分けると「人間関係」「社会」「人生」です。

◎自分の思ったことを相手に伝える大切さ

私は、自分の思ったことを人に伝えるのは苦手でした。なぜなら人の目を気にしていたからです。自分の気持ちや考えていることよりも、人の気持ちや考えていることを予測し、それを優先して行動していました。でも、それは予測であり、思いやりでも何でもないことに気づきました。人に自分の気持ちや考えていることを相手にわかってもらうためには、口に出さなければならないことにも気づきました。

以前の私は、何も言わなくても相手はその場の雰囲気で察してくれるだろうと思っていました。しかし、〈まっくろくろすけ〉で過ごしていく中で、その考えは違うのではないかと思い始めました。

〈まっくろくろすけ〉では、自分から行動しないと何も始まりません。誰かが先回りして何かをやってくれたり、言ってくれたりすることはありません。助けてほしいときは自分からお願いする、やめてほしいことがあるときは「やめて」と言うなど、自分の思いを相手に伝えることを、〈まっくろくろすけ〉で学びました。これは、社会に出てからもさらに必要になってくると思います。なぜなら、社会に出たら自分で考えて自分から行動しなければならないからです。人と生活していく中で、自分の気持ちを言葉にして伝えることは大切なことで、自分の気持ちを相手に伝えないままだと損をすると感じました。

まだ完璧にできているわけではなく、ときどき相手に伝えられなくて悔しい気持ちになることはありますが、自分なりに日々努力しています。〈まっくろくろすけ〉で自分の思いや考えを相手に伝える大切さを学んだことは、これから先も重要になってくるでしょう。人生の課題として、社会に出てからも日々、訓練を重ね努力していきたいと思います。

・「話し合い」の意義

私は、〈まっくろくろすけ〉に来て初めて、「話し合い」というものをしました。はじめは意見を求められても自分がどう考えているのかさえわかりませんでした。しかし、〈まっくろくろすけ〉で日々のミーティングなどに参加していくうちに、話し合うことの大切さに気づきました。「話し合い」を重ねればお互いの理解も深まり、新しい発見があり、同時に、いろんな人の意見を聞くことによって、ものの見方が変わったり世界観が広がったりしました。

そして、「話し合い」に参加していく中で、自分に自信がもてるようになりました。まず、自分の意見を言ってもいいんだという気づきがありました。次に自分が発言したとき、誰かが違う意見を言ってくれたり、賛同してくれたりすることによって、自分自身の発言への理解が深まり、今自分が置かれている状況や問題点が明らかになっていきました。「話し合い」の最中にどんどん違う問題が生まれたり、予想もしていなかったような結果になったりという経験を何度もして、自分に自信がもてるようになったのです。

一人ひとりの意見を尊重し、無下にしないというのは、私にとって大きな学びでした。皆との話し合いで成り立っている社会というのは、私の理想とするものです。民主主義の意味を、実際に自分が体験して初めて理解できたように感じます。

・責任の重さ

自分の行動はすべて自分に返ってくることを実感しました。そして、自分の行動一つひとつに責任が伴うことも感じました。一方、責任感を持つことや責任を負うことの難しさも知りました。なぜなら、責任の重さに負けて逃げることもできるからです。責任から逃げるのは簡単です。しかし、責任をもつことによって、自分が成長していくのを感じました。たとえば、何かを企画して、当日予定通り進めることができなかったとき、準備段階でもっとここをこうしていれば……と後悔したりしました。その後悔は、責任からくるものだと思います。責任というものがなければ、後悔などしなかったでしょう。責任を持っているからこそ後悔が生まれ、その後悔から得た教訓を次の機会に活かすことができました。そう考えると、以前は責任を持つということをしてこなかったように思います。逆に、責任から逃げてきました。しかし、私は、〈まっくろくろすけ〉で責任感というものを学び、責任から逃げない努力をしました。自分の責任は自分にしか持てないし、負えないものです。責任には、人によっていろいろな形があると思います。私にとっては、自分自身を成長させてくれるものであり、人として向き合って生きていかなければならないものです。

・自分のこと

以前の私は、自分がどういう人間か、理解していませんでした。感情のコントロールができなかったり、自分の今考えていることがわからなかったりと、どうしたらいいかわからないことだらけでした。しかし、〈まっくろくろすけ〉に来て、皆と過ごしていく中で自分と向き合う時間が必然的にうまれました。雑談をしていても、話を振られたとき、自分は今何を考え、何を伝えたいのだろうと考えるようになりました。もちろんミーティングの場でも同じです。

こうして何度も自分と向き合った末に、自分はこういうときに嫌な気持ちになるんだなとか、こういうときにうれしくなるんだなとわかるようになり、だんだん感情のコントロールができるようになっていきました。

「自分のことは自分でやる」ことも学びました。それまでも自分のことは自分でやっているつもりでしたが、気持ちのどこかに、誰かがやってくれるだろうという甘えがあった気がします。しかし、〈まっくろくろすけ〉に来て、それは甘えで、社会に出たらそのようなことは通用しないと感じました。「自分のことは自分でやる」というのは、「一人の人間として生きている」ということ、すなわち「自分は自分で、相手は相手」ということなのです。

◎やったこと

・ギター

ギターは、ずっとやってみたかったことでした。最初は、うまく弾けなくてやめようと思ったこともありました。しかし、ここでやめてしまったらこの先何か壁にぶつかったとき、何も成し遂げられないのではと思い、がんばりました。自分でもこんなに続くとは思っていませんでした。

・英語

〈まっくろくろすけ〉に来たばかりのときは、以前、嫌な思いをしたので、もう絶対に勉強はしないと決めていました。しかし、〈まっくろくろすけ〉で生活するうちに、自分に自信がつき、自分がやろうと思ったことはできるんだと思いました。そして、やりたいことを考えたときに、海外に行くという夢を思いだしました。前から海外に興味はありましたが、とても無理だとあきらめていたのです。いざ、海外に行くという目標が立ち、そのために何が必要かと考えて思いついたのが、英語です。自分で考え、行動できたことは、私にとって大きな成長でした。

・もの作り

私は何かを作ることが苦手で、裁縫もまったくできませんでした。〈まっくろくろすけ〉で、トランポリンの修理をするためにミシンを使ったときも、最初は苦手意識がありましたが、やっていくうちに楽しくなっていきました。その後、ギターを立てるスタンドを作りたくなり、やはり苦手だった木工にチャレンジしました。これが結構うまくできたことから、玄関先のチラシ置きや蔵の２階の網戸も作ってみました。その結果、自分でもびっくりするくらい技術面が向上し、精神面でも成長しました。

この経験から、苦手意識があって敬遠していたことでも、やってみると得るものがあることがわかりました。これからもチャレンジ精神を忘れないようにしようと思います。

◎最後に

はじめに言ったように、〈まっくろくろすけ〉で学んだことを大きく分けると、「人間関係」「社会」「人生」です。

「人間関係」……私は、〈まっくろくろすけ〉でいろんな方々に支えられてきたと感じています。

「社会」……私にとって〈まっくろくろすけ〉は社会そのものでした。自分のことは自分でやる。このことは社会に出ても通じるものだと思います。

「人生」……〈まっくろくろすけ〉ではこれからの人生で必要となってくるものを学びました。たとえば、社会の厳しさ、民主主義のあり方などです。

これらのことは、〈まっくろくろすけ〉で生活していく中で学んだことです。皆さんと一緒に過ごしたからこそ学べたことです。

皆さん、ありがとうございました。

スピーチのあとは参加者からの質問に答えます。また卒業生にふさわしいかどうかの話し合いもあります。卒業生と認定されるためには、〈まっくろくろすけ〉がよくわかって、学び終えた人と認められなければなりません。そこで、入学時の５つの約束を守り、それらのことが充分できるようになったかが問われます。５つの約束とは次のようなものです。

入学時の5つの約束

〈まっくろくろすけ〉は子どもたちが自分たちでやっていくところです。

①自分のことは自分で責任を持ちます。
～外出のときなど安全には自分で気をつけましょう～

②全体のことにはみんなで責任をもちます。
～そのためにミーティングで話し合っていろんなことを決めていきます～

③小さい子から大きい子までみんなが安心して参加できるように暴言・暴力はふるいません。
～いやなことや困ったことは話し合って解決していきましょう～

④もう決まっているルールなど何でも変えていけます。
～気に入らないことなどミーティングで言ってください～

⑤したいことや習いたいことがあれば自分から言ってください。
～いろいろなボランティアの先生をみつけてくることもできます～

「卒業を考える会」までの1年間の日ごろの態度とスピーチ内容と質疑応答での態度から、参加者は卒業生と認めるかどうか、○か×で投票します。私は全員から○をもらって、卒業生と認定されました。

第3章　原発と私

ドイツ研修

私は、2016年の夏、約2週間のドイツ研修に参加しました。このプロジェクトは、福島県に震災当時いた高校生が参加できるもので、もともと海外に行きたいと思っていたこともあり、申し込みました。

研修では自分の震災体験を英語でスピーチをしたり、再生可能エネルギーについて学んだりしました。原発については関心があり、自分の思いや考えがあるので、知識も少しはありましたが、研修で再生可能エネルギーに取り組んでいる企業をいくつか訪問し、初めて知ったことがたくさんありました。ドイツは、福島の原発事故を受け、2022年末までに脱原発を掲げました。私は、企業が国と協力して再生可能エネルギーに取り組んでいること、そして国が脱原発を掲げていることに、日本との違いを感じました。

私は、日本も脱原発に向けて進んでほしいと思っています。あるドイツ人は、「日本は島国でドイツは大陸だから、ドイツのやり方をそのまま取り入れてもだめだと思う、日本に合ったやり方でやらなければいけない」と言っていました。

私は、今まで脱原発だけ訴えてきたけれど、これからどんどん脱原発を進めるにはどうしたらいいのかを考えなければならないのだと思いました。

歴史を知ることの大切さ

ドイツでは歴史博物館に行って、第二次世界大戦時代の写真や映像を見て、どのような経緯でドイツが戦争に進んでいったのかといった歴史について学びました。ドイツの高校生が案内してくれたのですが、彼らは写真など展示品についての質問にもきちんと答え、学校で習った母国の歴史を私たちに教えてくれました。それを見て、「日本の歴史のことを聞かれたら、こんなふうに答えられるだろうか」と我が身を振り返り、初めて、自分が日本について何も知らないことに気づきました。それからは日本の歴史についても興味を持つようになり、積極的に学ぶよう心がけています。歴史を知ることによって、自分が今生きていることに感謝する気持ちも芽生えました。いずれは、他の国の歴史についてももっと知りたいと思います。自分の知らないことがたくさんあって、それを知ることが他の人を尊重することにもつながるのではないでしょうか。

ドイツの人たちは、自分たちが生まれる前の出来事、たとえば、戦争のこと、ヒトラーという指導者を生んでしまったことを自分たちの責任としてとらえているようでした。そして、ドイツの未来を担う者としての、「もう二度と同じことを繰り返してはいけない」という決意が強く見られました。

「過去の過ちを踏まえて、政府が間違った方向に進もうとしているときは、私たちが声を上げて止めなければならない」とドイツの高校生は語ってくれました。「ヒトラーは民主主義政権のもとに生まれた。ドイツ国民がヒトラーを国の指導者として選んだのだ」という後悔が次世代へと受け継がれていることに驚きました。過去の過ちを認め、学び、よりよい未来を国民一人一人が考え、つくっていくという姿勢が感じられました。

次のページで、研修の最後に書いた文章を紹介します。

ドイツ研修プロジェクトに参加して

今回、このプロジェクトに参加して、いろんな方との出会いを通じて自分の視野や価値観を広げることができたと実感している。

ドイツの企業訪問だけでなく、ほかの参加者たちと話せたことも勉強になった。最初はみんなの輪の中に入れず劣等感に浸っていた。自分から壁を作っていたのが原因だ。そこを改善しようと心に決めたときから、みんなとの距離がだんだんと縮まっていった気がした。やはり、自分の気持ち次第で行動も変わってくるのだと学んだ。

人と接するときに大事なのはコミュニケーションだ。自分の思っていることを口に出さずにわかってもらおうなんて無理な話だ。しかし、なかなか自分の思っていることを言えずそのまま話が進んでいってしまったことが何度かあった。すごく悔しかった。そのことを踏まえ、思ったことは口にするように心がけた。

コミュニケーションは生まれたときから当たり前に誰もが何かしらの方法でしている。しかし、それは意外にも難しいことなのだと思い知らされた。だが、もっといろんな人とコミュニケーションをしてみたいと思った。

そのような経験から、カウンセラーになるという夢を抱くようになった。今まで、将来の夢はいくつかあったが、明確なものではなかった。ドイツで学ぶうちに将来の展望が少し明確になった。そのためには大学にも行かなければならないし、ドイツに留学したいとも思ったのでドイツ語も勉強しなければならない。でも、自分の目標が明確だからがんばれると思う。今現在、いろいろなことを調べている途中だ。将来の目標が決まるとこんなにもワクワクするんだなと思った。

今回は再生可能エネルギーについて学ぶとともに、戦争についても学ぶ機会があった。ドイツで起こった戦争のことを、私は何も知らなかった。それがとても恥ずかしかった。中東で難民の支援をしている方とスカイプでお話しする機会があったが、その方のお話にも知らないことがたくさんあった。そこまで世界が「金」中心だなんて……。少しショックだった。しかし、その方は再生可能エネルギーを学ぶことが平和への第一歩だと教えてくださった。その言葉がうれしかった。ビジネスには、いいビジネスと悪いビジネスがあるのだと知った。

原発は悪いビジネスだと思う。なぜなら、人体に影響を及ぼすだけでなく、その人の人生まで壊してしまう可能性があるからだ。見方によっては原発はいいビジネスとして映るだろう。この問題はちゃんと一人ひとりが考えていかなければならない問題だと思う。ドイツは、再生可能エネルギー100パーセントを目指している。やはり、国が世界に向けて宣言しているのはすごく大きなことだと感じた。なぜなら、再生可能エネルギーの事業をしている企業は国と協力して開発したりできるからだ。企業だけではお金の面でも大変な開発だったとしても、国がバックアップしてくれたらどんなにいいだろう。

今回ドイツでは、その再生可能エネルギー事業で成功をしている企業を見学した。正直、再生可能エネルギーで成功している企業があることに驚いた。環境のためには自然エネルギーがいいけれど儲からないものだと思っていた。しかし、そうでもないようだった。オフィスはきれいで、多くの従業員を抱える会社ばかりだった。そんな企業を見学していくうちに、「日本ではなぜこのような企業が増えないのだろう？　もっと増やせないのだろうか？」という疑問がわいてきた。日本にも原発ではなく、再生可能エネルギー事業に力を入れる企業が増えればいいのにと思う。だが、今の日本では難しいことなのかもしれない。

ドイツでお別れ会を開いていただいたときに、現地の方とお話しする機会があった。その方は、「日本は原発をやめられないのでは」と言っていた。日本は島国で、近隣諸国から電気を買うのが難しいからだという。ドイツのやり方をそのまま日本にもちこんでも、環境が違うから実現しにくいと。「日本が原発をやめるためには、電気代を値上げするといい。そうしたら、みんなが節電をし始め、電気の消費量が減って原発に頼らなくてもすむようになるのではないか」と話されたのが印象に残っている。その話を聞いて「なるほど、現実的な話だな」と思うと同時に、お金でしか動かない人間というのは悲しいなと思った。どれだけ訴えても心に響かないのかと。

再生可能エネルギー事業の開発とともに、一人ひとりの意見が通りやすくなる国をつくっていかなければならないのではないだろうか。それが私たち世代の役目なのではと。スケールが大きい話で、夢を見過ぎだと思われるかもしれないが、少しでもそういう日本に近づけていければと思う。もしも、自分を含め今回このプロジェクトに参加した高校生から、再生可能エネルギー事業に取り組む企業を立ち上げる人があらわれたら、それだけで、少し日本は変わったといえるのではないだろうか。

こうした自分の考えを持ち、それを発言する力は、今回のプロジェクトで身についたものだ。このプロジェクトに助成金を出してくださったLUSHさん、アースウォーカーズ代表理事の小玉直也さん、ドイツで協力してくださったみなさん、日本で協力してくれたみなさん、お母さん、このような機会を与えていただき、ありがとうございました。

原発のない国を

私は、原発には反対です。なぜなら、原発によって友だちと別れることになったり、家族がバラバラになったりして、精神的にも身体的にも苦しい思いをしたからです。これが放射能由来のものだと断言はできませんが、福島に住んでいるときは鼻血、心臓の痛み、下痢などの症状があったのは事実です。ですから、これからも原発には反対していくし、脱原発へ進んでいくことを願っています。そして、何かアクションを起こさなければならないと感じています。それが何かはまだはっきりしてはいませんが、私の体験を多くの人に伝えることによって、私の感じたことについて考えてくれる人が増えるだけでも変わるのではないかと思います。

自分からアクションを起こそう！

私は兵庫県に避難をしてから福島原発賠償ひょうご訴訟の原告になりました。あたりまえの日常を取り戻し、子どもに安心できる未来を確保するための裁判です。原告になるということも初めてだし、裁判所にも初めて行きました。初めはドラマのような法廷でのやり取りを想像していましたが、まったく違いました。弁護士さんたちが言うことは難しくてなかなか理解できないし、数分で裁判自体が終わってしまうことがほとんどです。しかし、自分がそのような訴訟の原告になること自体が大きな意味を持つと思います。誰かが何かしてくれるのを待つだけではなく、自分からアクションを起こす大切さを学びました。小さなことでも積み重ねていけば何か変わるのではないかと思います。私は原発によって人が苦しむ姿をもう見たくないのです。

これからの夢

私は、将来心理カウンセラーになりたいと思っています。東日本大震災を経験し、思いがけず関西に引っ越すなど、予想もしていなかったことが次々と起こり、ずっと福島にいたらできなかったであろう経験をしたので、その経験を活かしたいというのが理由のひとつです。また、人の心理というものに興味があり、それを勉強したいという気持ちもあります。自分の経験を糧にして、苦しんでいる人の力になりたいとも思っています。苦しいときに家族をはじめ、周りの人が支えてくれたことが何度もあったので、自分も誰かを支えられるような存在になりたいです。

そして、私自身も含め、すべての人が生きやすい世の中をつくっていきたいと思います。自分自身の気持ちを尊重すること、そして相手の気持ちを尊重することを大事にしたいです。すべての人が、相手の気持ちを尊重し、受け止め、それを踏まえて自分の考えを伝えることができれば、争いなどなくなるのではないでしょうか。なかなかうまくはいかないかもしれませんが、話し合うことは、人と共存していくうえで何より大切なことだと信じています。そのような未来が近い将来訪れることを願ってやみません。

伝えたいこと

まず、原発のこと。先ほども書いたように私は原発には反対です。放射能というものは目には見えず、匂いもないので、危険性を感じとりづらいと思います。しかし、見えないからこその恐怖があります。その恐怖感は、この先ずっと続くでしょう。この問題は福島だけの問題ではないのです。日本全国どこに住んでいても、明日地震が起きて原発事故が発生するかもしれません。誰の身にも起こりうる問題なのです。私のように福島から避難した人もいる、そして今も、現在進行形で被爆の問題を抱え、訴えている人がいることを忘れないでほしいのです。

次に、教育のこと。私は小・中学校と通っていきましたが、どんどん嘘の自分になっていくのがわかりました。友だちと話していて笑っていても、心の底から笑っていなかったり……。いつも笑顔で、みんながイメージする自分を演じなければと思っていました。そうして無理を重ねるうちに、だんだん自分というものがわからなくなっていきました。

しかし、〈まっくろくろすけ〉に通うようになってから、自分の好きなこと、したいことに専念できて自分の気持ちに素直になれました。同時に、人の目を気にしている自分が嫌になり、人に気に入られるのにはどうしたらいいかと考えていた自分をやめたくなりました。なかなか嘘の自分が抜けなくて苦労し、本当の気持ちが言えない自分に苛立ったりもしました。今でも意識をしないとできません。しかし、なりたい自分になれるように努力するのは苦ではありません。言いたいことを言えたときの開放感は気持ちいいものです。

そんなふうに考えられるようになったのは〈まっくろくろすけ〉のおかげです。震災前までは公教育しか知らなくて、何があっても学校に行かないといけないものだと思っていました。そして、周りからも学校は行かなければならないといわれていました。ですから、5年生で不登校になったときは、家にいる自分をうしろめたく思う気持ちでいっぱいでした。小・中学校時代は毎日が楽しくなくて、明日の学校をどう乗り切ろうということばかり考えていて、それを考えていると体調が悪くなったりしていました。私はもうそんなつらい思いはしたくありません。

〈まっくろくろすけ〉に通うようになってから、毎日が楽しくてたまりませんでした。プレッシャーになることがあっても、自分のしたいことなので楽しく乗り越えられました。私は、学校のことで悩んでいる人に、学校は人生の中のごく一部でしかないのだと伝えたいです。そして、短い人生だからこそ、自分で選択することを大事にしてほしいと思います。必ず自分の居場所があると思います。

人は一人ひとりが唯一無二で、なくてはならない存在、大事な存在です。それを忘れないでください。

オーストラリアより

私は２０１８年10月、海外へ行く夢の第一歩として、オーストラリアへ旅立ちました。東日本大震災から８年になるなんて信じられません。早かったような、長かったような……。小学５年生のときに被災した私も、今年で20歳になります。そう思うとあれから長い年月が流れたのだなと感じます。

しかし、原発事故はまだ終わってはいません。８年経った今でさえ、私にとったら２０１１年当時と状況は何も変わっていないのです。福島に帰っても、福島県産のものは食べられません。「福島県産のものは食べられないんじゃなくて食べないんでしょ？」と思う人もいるでしょう。私はその選択が重要だと思います。食べないという選択をすることが脱原発、脱被ばくへの意思表示であり、自分の身を守る最も有効な手段だと思うからです。友だちとはそんな話はしません。それどころか、「震災、原発事故だなんて、そんなこともあったね」くらいの感じです。そのような周りの反応に慣れてしまっているのも怖いことだとしみじみ実感しています。

オーストラリアで会った日本人に「福島出身です」と言うと、「津波は大丈夫だった？　もう放射能とかは大丈夫なんでしょ？　終わったんだよね？」などと言われます。しかし、他の国の方に同じことを言うと、「あの事故はひどいよね。避難を決めたのはいい決断だと思う。なぜ国は人が福島に住むことを許しているのだろう。福島にまだ住んでいる人がいるなんて信じられない」などといった反応が返ってきます。海外の人に言われてみて、「福島の原発事故はこれだけ大変なことだったんだ。なのに福島県民を含め、日本人は関心がなさすぎる。というか、国民が知っている情報自体が少なすぎる」と改めて思いました。オーストラリアでは、大勢の人が見る時間帯に福島原発についてのドキュメンタリーを放送しています。私は兵庫県に避難して、「原発をなくすべきだ」「被ばくを避けるべきだ」と思ってきましたが、やはり周りの空気に流されて感覚が麻痺していた部分もあったようです。

海外に出たことにより、日本を客観的に見ることができるようになりました。福島の現状や自分の経験を世界の人に伝えられる機会であるというふうにもとらえています。海外から客観的に見ると、「日本は大丈夫なのだろうか」と不安になります。「福島に人が住んではいけないのではないか。本来なら今すぐみんなを避難させるべきなのでは」という強い思いにかられ、福島に住んでいる祖父母のことを思うといても立ってもいられないような気持ちになります。

原発事故の話をオーストラリアの方にするときは、ずっと支え続けてくれているみなさんの顔が浮かびます。みなさんの支援があってこそ私たち親子は避難生活を続けていられるのだと思います。日本には無関心な人ばかりでなく、一緒に声を上げてくれる人もいることをオーストラリアの方々に伝えられたらいいなと思います。そしていつか私も、みなさんにしてもらったように、今度は福島や関東に住んでいる支援を必要としている方々をサポートしたいと願っています。

私は、被ばく者です。これはどうやっても消せない事実で、死ぬまで不安はつきまとうでしょう。しかし、このような経験をした私にしかできないことがあると思います。これからは私たち世代がよく考え、行動していかなければならないのです。もう二度とこのような悲しい事故を　起こしてはいけません。私たちの子孫に不安や恐怖を残してはいけません。私たち世代がこの負の連鎖を断ち切らなければならないのです。

みなさん、福島、そして日本の未来のために力を貸してください。

第2部　お母さんの美紀さんの話

1973年生まれ。福島県田村市で生まれ育ち、大学卒業後、結婚。1児の母となり、専業主婦として郡山市で暮らしていた2011年、東日本大震災と福島第一原発事故が起こり、被災しました。

田村市の実家への避難を経て、「保養」をきっかけに2013年8月に兵庫県へ自主避難しました。その後、被ばくの影響や避難についての考え方の行き違いなどから離婚。非常勤で働きながら介護職員初任者研修を受け、2018年には介護福祉士の資格を取得しました。現在は姫路市の「社会福祉法人ひびき福祉会」に勤めるかたわら、「原発賠償ひょうご訴訟」の原告となり、避難移住者を支援する「一般社団法人リボーン」の理事として活動しています。

第1章　東日本大震災の影響

すべてを変えた東日本大震災

２０１１年3月11日の東日本大震災以降、私たちの生活は大きく変わりました。特に東日本大震災による原発事故は、生活だけではなく、価値観や考え方、人間関係などさまざまなことをガラッと変えました。

娘が〈まっくろくろすけ〉を卒業し、独り立ちの一歩を踏み出したこの機会に、私たちのことを本にまとめてみないかというお話をいただきました。卒業してすぐに、お話をいただいたのに、忙しくてなかなか原稿を書く時間が取れず時間ばかりが過ぎていきました。時の流れとともに私自身の記憶も薄らいできていることもあり、改めて自分たちが歩んできた道を振り返り、まとめておくことはとても大切だと思いました。

あれから8年、娘は今年20歳になりました。その人生の区切りのときに本を出せることもまた何かの導きなのかもしれません。

どれだけ伝えられるかわかりませんが、私たちが歩んできた道を振り返ってみたいと思います。そして、私たちの歩んできた道が、同じように悩んでいる人たちに、一歩を踏み出すきっかけになればいいなと思います。

当日、大きくなる揺れとともに

２０１１年3月11日14時46分。東日本大震災で、当時私たちが住んでいた福島県郡山市は、震度６弱の揺れを記録しました。

私はそのとき、昼食後でのんびりとテレビでワイドショーを見ていました。初めはさほど大きな揺れでもなかったので、また地震か……と軽い気持ちでしたが、徐々に揺れが大きくなっていきました。居間の本棚は固定してあったため倒れませんでしたが、それでも本がすべて落ち、寝室のタンスが倒れるのが見えました。台所からはガシャンガシャンと食器が割れる音が続く中、必死でテレビっ子の娘のためにテレビを押さえていました。

揺れがおさまったとき、私の心臓はバクバクし、足は震えていました。その恐怖を抑えつつ外を見ると、近所の商店街の人たちの多くが外へ出ていました。大きな音がしていた台所では、冷蔵庫は大きく移動し、棚の上に置いてあった電子レンジもとんでもない方向へ飛び、テーブルに置いてあった小さな金魚鉢の水はこぼれ、金魚も床に飛ばされていました。食器棚は固定していたため倒れませんでしたが、両開きの扉が開き、ほとんどの食器が落ちて割れていました。お風呂の浴槽の水も脱衣所までこぼれ出ていました。

外へ出るべきか、屋内に留まるべきか悩みましたが、3月だというのに外は突然吹雪になってきたので、娘が学校から帰って来るまでに、割れた食器を片づけないと危険だと思い、そのまま自宅に留まりました。

その日、学校は早く終わる予定だったのですが、まっすぐ帰って来るのか、友だちと遊ぶのかもわからなかったので、とにかく何らかの形で連絡が来るだろうと、片づけをしながら連絡を待つことにしました。

夕方5時ごろ、学校から電話があり娘を迎えに行きました。道路はひび割れ、あちこち隆起し、車も渋滞している中で、娘が待つ学校まで走って行き、校庭で娘を引き取りました。泣いている子もいましたが、娘は泣いていませんでした。崩れたビル、落ちた屋根瓦、倒れた塀などを目にしながら、「もし、まっすぐ家に帰っていたらこうしたものの下敷きになっていたかもね」と娘と話しながら自宅へと戻りました。

原発事故発生

水道管が破裂し、震災直後から断水になったところも多かったのですが、私たちのマンションでは屋上の貯水タンクの水がなくなった12日の夜から断水になりました。電気、ガスは使えていたので、避難所へは行かず自宅で過ごしていました。18日には復旧したので1週間足らずの断水生活でしたが、水道の栓をひねれば水が出ることが、こんなにもありがたいことなのだと初めて実感しました。

そうした生活を送っている間に、東京電力福島第一原子力発電所の事故が起こりました。テレビでは当時の枝野幸男官房長官の「ただちに影響はありません。落ち着いて行動してくださ い」との言葉を繰り返し報道していましたし、3月19日には、長崎大学で被ばく医療の研究をしていた山下俊一氏が福島県放射線健康リスク管理アドバイザーに就任し、「100ミリシーベルト*を超さなければ健康に影響を及ぼさない」「放射線の影響はニコニコ笑っている人のところにはきません。クヨクヨしている人のところにきます」「家の中でじっとしていてストレスをためるより、散歩などして適度な運動をした方が健康的」などとあちこちの講演会で話し、地元の新聞社やラジオ、フリーペーパーでもそれを拡散していました。

4月11日には始業式が行われ、学校も再開されました。4月22日に文部科学省から役人が学校に来て、国が決めた避難基準と学校での放射能許容量を年間20ミリシーベルトに設定するという説明会が行われました。そのときに、年間1ミリシーベルトを順守すべきだと声高に主張する何人かの保護者や先生方をずいぶん熱い人だなと冷めた目で見ていたほど、私は放射能の危険性に関してまったく無知でした。4月27日には、娘の小学校の校庭の表土除去が福島県内で最初に行われました。作業前地表付近で3.3マイクロシーベルトだった値が、作業後0.5マイクロシーベルトまで下がったという報告を聞いても、「下がってよかったね」という程度の感想しか持っていませんでした。転機になったのは、テレビで観た小佐古敏荘内閣官房参与が辞任と引き換えに、涙ながらに「年間20ミリシーベルト」の撤回を訴えていた記者会見です。*そこから、いろいろと勉強を始めました。福島県で生まれ育ったにもかかわらず、原発事故が起きるまで福島県内に10基もの原発があることをまったく知りませんでしたし、原発事故直後、娘の被ばく防護のために動かなかったことが悔やまれます。「無知とは罪である」とつくづく実感しています。

それ以来、食材は福島から遠い産地のものを使い、水もミネラルウォーターを購入して食事を作るようになりました。娘の通学の際も、徒歩10分程度の道のりですが、無用な被ばくをさせたくないと思い、車で送迎しました。外出する際はもちろんマスク着用。校庭での体育のときは、教室で待機させてもらう。給食の牛乳は止めてもらう。外遊びはさせない等々、被ばく回避のためにできる限りのことをしていると思っていました。

しかし、2011年10月にフランスの検査機関で娘の尿検査をしてもらったところ、合計で0・84Bq／Lと微量ながらセシウム134とセシウム137が検出されました。この尿検査の前に、東京大学のホールボディーカウンターで検査を受けたときは、検出限界値が1ベクレルという機械で不検出（ND）でした。ですから、尿検査の結果を受け取ったときは、非常にショックでした。あれだけ被ばく回避のために努力していてもセシウムが検出されたということは、間違いなく内部被ばくをしているという事実を突きつけられたのですから……。どんなに被ばく回避をしても呼吸をしないわけにはいかないので、呼気被ばくの影響はとても大きいのだなと実感しました。

＊シーベルトとは、ある期間に被ばくした放射線量の合計を表す単位。
1シーベルト＝1000ミリシーベルト＝100万マイクロシーベルト。

日本での平均的な自然放射線量は年間約2.1ミリシーベルト。100ミリシーベルトの放射線を受けると、がん死亡率が0.5パーセント増えるといわれている（福島市ホームページより）。

＊元東京大学大学院教授。放射線安全学を専門とする。2011年3月16日、福島第一原子力発電所事故を受け、内閣官房参与に人名されたが、同年4月29日、参与辞意を表明。校庭利用基準である年間20ミリシーベルトについて、「この数値を乳児・幼児・小学生にまで求めることは、学問上の見地からのみならず……私は受け入れることができません。参与というかたちで政府の一員として容認しながら走っていったと取られたら私は学者として終わりです。それ以前に自分の子どもにそういう目に遭わせるかといったら絶対嫌です」と記者会見で述べた。

小学校卒業～中学校入学

娘の中学校入学を機に、私の実家のある田村市へ引っ越しました。本当なら、もっと遠くへ避難すべきだとは思っていたのですが、震災の年に実家の父が3度の手術と入退院を繰り返し、その際に今まで気丈だと思っていた母のオロオロする姿を目の当たりにして、一人っ子である私は、そんな両親を置いて遠方へ行く踏ん切りがつきませんでした。田村市は、郡山市より原発からの距離は近いのですが、空間放射線量は低いので少しでも外部被ばく線量を抑えたいとの思いからの選択でした。

田村市の中学校でも、給食の牛乳だけを止めてもらいました。空間線量が低い分、住民の危機意識も低く、まだ事故の翌年だったにもかかわらず、郡山市から避難してきた私たちは先生方からも好奇の目で見られていることを感じていました。中学校入学前に、被ばく回避のためという理由を説明したものの、すでに普通の生活を送っている人たちのなかで、改めて説明するのもはばかられ、アレルギーということにしました。

事故が起きた年、郡山の小学校では市内のスイミングスクールのプールを借りて水泳の授業が行われました。しかし、事故の翌年は屋外プールでの授業が再開。空間線量が低いとはいえ、屋外で、しかも当然のことながら水道水を溜めたプールを使用することにとても抵抗がありました。プールの授業は見学させようかとも思いましたが、授業に参加しないという行動は高校受験の際の内申点に響くという話を聞いたのと、体育が苦手な娘が唯一得意な競技が水泳だったことから、空間線量の低い地域に引っ越したことだし、これは我慢しなくてはいけないという思いもあり妥協をしました。校庭での体育も同じです。

福島県内で暮らしていくということは、日々、こうした我慢や妥協をしていかなければいけないのだと思いました。

娘が中学２年生のときの担任の先生は小さいお子さんをもつお父さんだったため、家庭訪問の際に思い切って放射能についてどう思っているのか聞いてみました。先生のお母さんが家庭菜園で作った野菜を持って来るが、子どもたちには食べさせないようにしていること、お母さんの気持ちを思うと気が引けるから自分だけ食べることなどを話してくださいました。このとき事故から２年後。学校では何も心配していないような素振りで過ごしていた先生も、やはり小さい我が子たちの被ばくを考えると心から安心して暮らしているわけではなかったようです。

「保養」について

「保養」とは、放射能汚染の少ない土地で心身ともに療養させることです。戦時中の疎開のようなものです。子どもを「保養」に行かせるということは、福島県が危険な場所とみなすことになり、復興の妨げになるということで、現在の福島県ではもはや「保養」という言葉さえ使うことも難しく、リフレッシュキャンプなどという言葉で募集したりもしています。娘から言われるまですっかり忘れていたのですが、最初の「保養」先を決めるのに、北海道、沖縄、兵庫の3ヵ所を私が提示したそうです。それまで友だちの家に泊まりに行ったこともなかったのに、急に知らない土地の見知らぬ人のところに行くなんて嫌だと思いつつ、私の必死さに仕方なく兵庫の「保養」を選んだそうです。北海道と沖縄は海を渡るためとても遠く感じ、陸続きの兵庫に決めたと、後日聞きました。

娘が小学6年生の夏休みに初めて参加したのは、真宗大谷派山陽教区の有志の方々が受け入れてくれた「お寺に泊まろう」という「保養」でした。京都市内の東本願寺、兵庫県姫路市のお寺、姫路から20キロメートルほど北にある神崎郡市川町のお寺で、合計10日間お世話になりました。このときは子どもたちだけの参加でした。

夏休みにはたくさんあった「保養」の募集も、冬休みには少なくなっていました。そこで私は娘が夏休みにお世話になった神崎郡市川町の光円寺の僧侶である後藤由美子さんに相談したところ、とても親身に相談に乗ってくださり、光円寺で受け入れてくださることになり、募集をして大人2名、子ども5名でお世話になりました。

この光円寺での「保養」には〈まっくろくろすけ〉のOB・OGやメンバー、保護者がボランティアで関わっていました。娘は最初の夏休みの「保養」で、年の近い人たちと一緒に楽しい時間を過ごせたこと、原発事故や放射能の話などをしっかり聞いてもらえたことがうれしかったようで、「保養」に行くなら光円寺に行きたいと話すようになり、その後もお世話になりました。これが娘と〈まっくろくろすけ〉の出会いでもありました。

私は冬休みに2度、娘と一緒にお世話になりました。もちつきをしたり、体内の放射能を排出する食事作りを学んだり、お腹の底から深呼吸し、リフレッシュすることができました。福島県に戻ったら、また毎日気を張って、被ばく回避に努めようと思いながら、有意義な時間を過ごさせていただきました。福島県内では、既に放射能を心配する人は「放射脳」などと揶揄され、放射能についての話もしづらくなっていた中、この光円寺の「保養」に関わってくださっている方々はしっかりと聞いてくださり、我が事として考えてくださり、安心して話すことができました。

「保養」には、娘の友だちも誘ったのですが、「そんな遠いところに行くなんて……」「知らない人の家にお世話になるなんて……」「部活を休めないから」という理由でなかなか参加できる子はいませんでした。「放射能汚染度の低い、福島県から遠く離れた土地でなければ、『保養』にはならないのに」「受け入れますと手を差し伸べてくれる人を頼って、信じて大事な子どもを託してみたらいいのに」「健康でなければ部活も続けられないのに」と誘いを断られるたびに残念に思いました。　特に小さい子どもは親が動かない限り自分の意思で、汚染された土地から動くことができません。避難が無理でも、避難が無理ならなおさら、放射能の蓄積を減らす、あるいは遅らせるためにも「保養」は定期的に行ってほしいと思います。

兵庫県への自主避難を決心

娘が中学1年生の春休みに後藤さんが高速バスで郡山まで迎えにきてくださり、娘一人で光円寺にお世話になりました。そのとき、いろいろな人と原発事故や体の不調などさまざまな話をして考えたこと、福島県ではできなくなってしまったことのひとつでもある、山菜採りをして食べたこと、マスクをせずに外を歩けること、そんな当たり前の日常を過ごせることの幸せをあらためて実感したそうです。当初は娘が高校生になるときに一人で県外へ出そうと思っていたのですが、たとえ県外の高校に入学させても、大量に食事を作らなければいけない寮では、安い食材を求め福島県もしくは福島近隣の野菜やお米を使うのではないかという不安もありました。事故直後から鼻血、下痢、心臓の痛みを訴え、「保養」に出るとそれがおさまり、福島に帰ってくるとまたその症状が現れるということを体感していたため、「やっぱりここは危ないのかも」と娘自身も思ったようで、「早めに避難してもいいよ」という娘の一言も避難を決断した理由のひとつです。

また実家で両親と同居しているときに、家庭菜園で作った野菜を娘に食べさせたい父と、放射能検査をしていないものを食べさせたくない私との間で何度も喧嘩になりました。父も元気になってきたし、一緒に暮らしていたら「食べる、食べない」でしょっちゅうぶつかり合い、お互いストレスを抱えてしまうため、わだかまりなくいるためにも離れて暮らしたほうがいいかもしれないと思いはじめました。娘と何度も話し合い、私も毎日毎日たくさん悩み、考え、葛藤を繰り返し、ようやく決断しました。

「両親はもちろん大切だけど、このままここに居続けたら娘の被ばく量が蓄積されていく。娘には原発事故の責任はまったくない。親として私ができる、今最善のことはここから避難すること。守るべきものは娘の健康、命であり、そのほかの何ものでもない。私が健康であれば、どこにいても両親の元へは駆けつけることができる」

こうした思いから避難に踏み切り、２０１３年８月に、福島県田村市から当時中学２年生の娘と二人でいわゆる自主避難をしました。

自主避難するにあたっても、光円寺の後藤さんにはメールでいろいろと相談にのっていただきました。「そして全力でサポートします」という言葉通り、避難を決めてからずっとサポートしていただいています。後藤さんがいなかったら、私たち親子は避難生活を続けてこられなかったでしょう。

自主避難後の暮らし

原発事故さえなかったら、娘は小学校の友だちと同じ中学校へ進学するはずだったのに、知らない中学校へ入学。せっかく友だちができたと思ったら1年3ヵ月で転校。それもまるっきり新しい土地で、いちからの学校生活が始まりました。しかし、あまりにも遠く離れた土地だったせいか、原発事故のことは避難先の同級生には理解してもらえなかったようです。ある先生には「津波で家が流されたわけじゃないのに、どうして避難してきたの？」と聞かれ、説明してもなかなかわかってもらえず、原発事故や放射能汚染というものを共有できないことがつらくなり、学校に行かなくなりました。

兵庫県の中学校に通ったのは短い期間でしたが、給食があったので気になり、食材を確認しました。地産地消で近隣のものを使っているということだったため、安心しましたが、牛乳には不安があったため、アレルギーを理由に止めてもらいたいと話しました。しかし、病院の検査でアレルギー反応が出なかったため、止めることはできないと言われ、仕方なく牛乳代は支払ったうえで「飲まない」という方法を取りました。

この間、娘は夏風邪、手足口病、髄膜炎、胃炎と次々に体調を崩し、10月初めに1週間入院しました。慣れない土地や環境でのストレスが原因かもしれませんが、福島県外へ避難した人がしばらくすると体調不良になるという話もよく聞きます。因果関係はわかりませんが、娘の場合も2年半近くずっと放射線を浴びていて汚染度の低い土地に引っ越してきて、体が悪いものを排出しようとする好転反応から、こうした体調不良が起きたのかな、とも思っています。

私は、原発事故や放射能被害、被ばくについての資料をファイルし、少しでも理解し共有してもらえたらと思い、後藤さんに付き添っていただき、学校や教育委員会へ足を運びました。

しかし、なかなかその思いは通じませんでした。担任の先生から、「今日は学校へ来ることができますか」と毎日電話があったり、クラスメイトからの手紙を先生が自宅へ届けてくれたりしたことが、娘にとってはかえって負担になっていったようです。先生も善意でしてくれているのだとは思いつつ、娘が答えを出すまで何もせずに見守っていてほしいと伝え、電話や訪問を控えていただきました。４ヵ月ほど自宅で過ごし、これからどうすべきか娘自身も苦しみながらいろいろ考え、後ほど詳しく書きますが、デモクラティックスクール〈まっくろくろすけ〉へ通うことを選択しました。

夫とは避難して８ヵ月後に離婚しました。「福島ではみんな普通に暮らしてっぺ」「畑で採れた野菜だってみんな食べてんだぞ」「放射能、放射能って異常に気にして、なんか宗教がかってると思ってた」などの言葉とともに離婚を切り出されました。理解して避難させてくれたのかと思っていたのですが、そうではなかったようです。原発事故がなかったら見えなかった溝や歪みが表面化し、離婚という結果を招いたのかもしれません。借り上げ住宅などの支援申し込み期間が終了してからの避難なので、はじめに引っ越したアパートの家賃は全額自己負担でした。夫が送ってくれる生活費に、パートの給料を足せばなんとかやっていけるだろうと思って借りたアパートでしたので、離婚後の家賃は大きな負担でした。

娘は、福島県が行っている県民健康管理調査[*]甲状腺検査ではＡ２判定でした。避難後も毎年避難者健診を受けています。今のところ嚢胞が特に大きくなったりもしていないとのことです。私も避難者健診を受けています。甲状腺検査では、大きめの結節が見つかりましたが、細胞診もして悪性ではないとのことだったのでとりあえず安心していました。しかし、昨年、副甲状腺機能亢進症と診断されました。経過観察で大丈夫とのことですが、原発事故から8年が過ぎた今、あちらこちらから体調不良の話が聞こえてきます。

広島や長崎の原爆の被ばくとは違い、低線量被ばくが継続中の福島原発事故です。大きく取り上げられているのは小児甲状腺がんだけですが、その他にもさまざまな健康被害が起きているようです。娘もひと月に1回ほど、37℃台後半の熱が約1週間続くという症状が繰り返し出ます。風邪などの症状はなく熱だけが出るのです。そのたびに「被ばくさせてしまったからかも……」と思ってしまいます。被ばくしてしまった私たちはこうした心配を一生、そして何世代にもわたってしていかなければなりません。

＊福島県では、原発事故による放射性物質の拡散を踏まえ、県民の被ばく線量と健康状態を把握し、早期発見・治療につなげるため、県民健康管理調査甲状腺検査を行っている。検査結果はＡＢＣで判定され、Ａ1は結節や嚢胞を認めない、Ａ2は5.0ミリ以下の結節や20.0ミリ以下の嚢胞を認める、Ｂ判定は5.1ミリ以上の結節や20.0ミリ以上の嚢胞を認める、Ｃ判定は甲状腺の状態等から判断して直ちに精密検査を要するとされ、Ｂ・Ｃ判定は二次検査の対象となる。

「原発賠償ひょうご訴訟」

私は「原発賠償ひょうご訴訟」の原告になっています。原発事故前までは普通の母親だった私が、まさか国や東京電力相手の裁判の原告になるとは思ってもいませんでした。しかし、黙っていたら当たり前の暮らしを送る権利も認められず、原発事故の罪さえ償わないなどということはあってはいけないと思い原告になりました。

国策で進められてきた原子力政策なのですから「知らなかった」では済まされません。本来なら、避難する権利、とどまる権利、帰還する権利、すべてが認められなければならないはずです。私が住んでいた郡山市は避難区域ではないので、自主避難者と言われますが、決して自主的に避難したくてしたわけではないのです。本当なら、国や行政が避難させるべき汚染地なのに、何もしないから、子どもの健康と命を守るために、さまざまなことを犠牲にして自力で避難したのです。とどまっている人たちだって、好きでとどまっている人ばかりではありません。その人たちに、本当の情報を与えずに、安心・安全ばかりをうたってとどまらせることは、あってはいけないことだと思います。福島に帰還する人に対してもそうです。できる限り被ばくを少なく暮らしていくために、正しい情報を知らせるべきだと思います。

事故から8年が過ぎた今もまだ原子力緊急事態宣言が発令中だということを、みなさんはご存じですか？　２０２０年に開催されるオリンピックに向けて、すっかり原発事故はなかったこと、終わったこととされているように感じますが、まだまだどのように収束したらいいか、その方法さえ見つかっていないのです。復興や帰還ばかりが前面に出され、私たち避難者は見捨てられているように感じます。

依然として発疹、鼻血、心臓の痛み、下痢などの症状が帰省のたびに出る娘ですが、私の両親や友だちに会いたいという思いがあるため、年に2回ほど帰省します。在来線の車中で聞こえる周りの人たちの話し声の訛りを聞きながら、いつも娘と「ホッとするね。帰ってきたって実感するね」と話します。車窓から見える景色も長閑で何も変わっていないように思うのですが、剥ぎ取った土を入れた黒いフレコンバッグの山や「除染作業中」の立て看板を見ると汚染されてしまったという現実に引き戻されます。

父は釣りが趣味でした。船に乗って釣ってきたアイナメの刺身は娘の大好物でした。渓流釣りではイワナやヤマメを釣ってきて、それを塩焼きやから揚げにして食べさせてくれました。季節ごとの山菜も採ってきて、食べさせてくれました。しかし、原発事故後、もうそれらを食べることはできなくなりました。そうした楽しみを奪われた父は、すっかり足腰が弱くなり、今では歩くのもやっとの状態ですし、少しずつ認知症も進んでいます。母も急激に衰え、足の痛みが強く、日常生活のちょっとした家事も、できないことが増えてきました。昔は社交ダンスが趣味で、オシャレで外出好きだった母も、父の薬の管理をしなければいけないストレスと、自分の足が思うように動かなくなったことで、すっかり外出もしなくなり、気弱になりました。

そんな両親の助けになるべく、最近は2ヵ月ごとに帰省しています。電話で帰省することを伝えると明るい声になり、兵庫に戻るときには寂し気な表情を見せます。原発事故さえなければ、近くに住んでいつでもすぐに駆け付けることができたのに、遠い兵庫県からは、仕事もあるため頻繁には行くことができません。

実家は福島県内では比較的汚染を免れたところにありますが、両親が亡くなった後、家をどうするか、お墓をどうするか、自分の終の棲家をどこにするか等々、まだまだ先が見えないことばかりです。

第2章　子育てについて

震災前の子どもとの関係

娘が、とても厳しかった私に対していつもビクビクしていたと書いていたように、震災前までは娘に対してとても厳しい母親だったと自分でも思います。大学卒業後、ほぼ社会経験もないまま結婚し、26歳で娘を出産しました。私自身まだ若かったということや、夫は仕事で忙しく育児に無関心だったため、「私がしっかりして、りっぱな人に育てなければ！」というプレッシャーがありました。育児書を読みながら、何歳までにはこれができなければいけないということに強くとらわれていました。

また、私自身も小さいころ、特に父に厳しく育てられました。転んでも「泣くな！」と言われ、泣かずに我慢するとほめられました。お客様が来たときはきちんと正座をして三つ指をついて挨拶をすることなども言われていました。「女の子なんだから……」ということも常々言われていました。そんな環境で育ったことや、そのような育児しか知らなかったため、同じような育児を娘にもしてしまったのかもしれません。

娘は勉強に関しては、私からあまりうるさく言われなかったと書いていますが、小学5年生の算数のテストで、裏面の発展問題ではあったものの、0点を取ってきたときは、これから先の進学のことなどが心配になり、学習塾に通わせました。当時は、いい高校、いい大学に入学することが将来いい暮らしをすることにつながると思っていました。今思えば、教育ママだったような気がします。

娘の幼少期

娘は小さいころは、おしゃべりも早くからできて、自分から誰にでも声をかける社交的な子どもでした。一人っ子なので大人の中にいることが多く、一極集中で「藍ちゃん、藍ちゃん」とみんなからかわいがられていたので、注目されるのが好きな子どもだったように思います。大人が話をしていても「藍ちゃんね……」と話に入ってくることもたびたびありました。

めったに泣かない子でしたが、私が仕事のため保育所へ預けて行くときは激しく泣いていました。今、娘の文章を読んで振り返ってみると、娘は幼いながらもいろいろなことを感じていたことがわかり、申しわけなく思います。

小学校生活の始まり

小学校入学から小学3年生まで、私が仕事をしていて帰りが遅くなるため、娘を学童保育に預けていました。その学童保育で一時いじめに遭いました。そのことがきっかけで、ありのままの自分ではなく、嫌われないために人の顔色をうかがいながら過ごすようになったのかもしれません。

小学4年生からは合唱部に入りました。顧問の先生は過去に優秀な賞を取ったことがあるため、とても厳しい指導をしていました。放課後も遅くまで、夏休みもほぼ毎日一日中練習していました。小学5年生のときの担任が、自分の機嫌によって子どもたちを怒る男の先生で、別室に呼ばれメガネが飛ぶほどの勢いでたたかれた男子児童もいたそうです。そこまでではなくても、ちょっとしたことで大声で怒鳴ったりすることが頻繁にあったようです。

もともと優しく争いごとが嫌いな娘なので、自分が怒られているわけではないけど、そのような状況にいることがつらかったようで、学校に行かなくなりました。合唱部を辞めたいけれど、顧問の先生が怖くて「やめます」と言い出せないというストレスも重なったのだと思います。頭痛や腹痛など体にも不調が現れはじめました。

夫と二人で校長先生に会いに行き、学校へ戻るための話し合いをしました。その担任は校長先生のかつての教え子だったそうです。だからかもしれませんが、担任をかばう言葉ばかりだったような気がします。他のクラスは6年生に進級するときに、担任は持ちあがりでしたが、娘のクラスだけ担任が変わりました。それが校長先生の対応で、その先生の態度はそれ以降も変わらなかったようです。

私にも夫にも、娘が学校に行かないという選択肢はまったくありませんでした。私は何の疑問も持たずに学校へ通っていたので、学校には行くのが当たり前だと思っていました。娘はしばらく学校を休んだ後、保健室登校を経て自分のクラスへ戻りました。今思うと、娘は私たちの気持ちを察して、本当は行きたくないけれど我慢して戻ったのだと思います。

震災以降の子育ての変化

5年生が間もなく終わる3月11日、東日本大震災が起きました。

原発事故当初は、子どもたちを被ばくから守りたいという一心で、通学路の除染活動に参加し、「ヒマワリに放射能を吸収する作用がある」と聞けば、学校の周りにヒマワリの種をまく活動なども積極的に手伝っていました。しかし、学んでいけばいくほど放射能の危険性を理解するようになり、素人が除染活動をしてはいけないことがわかりました。

学校給食は、食品測定器で検査され汚染されていないものが出されていたものの、不安があった私は娘にお弁当を持って行くことを提案しましたが、「お弁当を持ってきているクラスメイトの男の子がいじめにあっているから、自分も同じようなことをされたら嫌だ」というので、放射能が検出されることが多かった牛乳だけは飲まないことを約束しました。主食のごはんは県外産の食材だったのに、事故の起きた秋からは郡山市産の「あさか舞」というお米が使われることになりました。校長先生に「『あさか舞』を学校給食に取り入れるのであれば、娘にはお弁当を持たせます」と話したところ、「渥美さんは今までいろいろ協力してくれていたのに、がっかりです」と言われました。運動会も校庭で行おうとしていたため、校長先生に「屋内で行うか校庭で行うかアンケートを取って決めてください。校庭で行うのであれば、娘にとって小学校最後の運動会ですが、参加させることはできません」と伝え、保護者にアンケートを取った結果、屋内で行われることになったので娘も参加しました。

文部科学省の人たちの「年間20ミリシーベルト」の説明会が学校で行われたとき、校長先生も「校庭で転んでけがをして、擦りむいた傷から放射能が体内に入り、病気になったりしないのでしょうか?」という質問をしたくらいですから、当初は放射能に対してとても危険視し、不安に思い、心配していたはずです。しかし、時間が経つにつれ、国や県の安全教育により、そんな不安は薄れていったように感じました。

原発事故前は学校に行くのが当たり前だと思っていた私でしたが、こうした日々の積み重ねで、学校に対する不信感が湧き、学校教育とは何なのかと考えるようになりました。そんなわけで長期休みの「保養」も、学校が始まる時期を気にすることなく、優先させていました。

第3章　娘と私を変えた〈まっくろくろすけ〉

中学校に行かなくなった娘を見守る

「保養」で何度も訪れた兵庫県神崎郡市川町に避難し、娘は中学2年の2学期から地元の中学に通いだしましたが、すぐに体調不良で行かなくなりました。原発事故によって学校というものをさほど絶対的なものととらえなくなってはいましたが、それでもずっと学校というレールを敷かれた世界しか知らず、学校に行かないという選択肢が私の人生の中にはなかったので、まったく学校に行かないということに対してはとても不安でした。以前の私は学校教育についてアンテナを張ることもしてこなかったため、福島県内の公教育以外の学校を知りませんでしたし、封建的な福島県では学校以外の教育に関する情報も少ないように思います。不安要因は、学校で勉強をせず、将来しっかり暮らしていけるのだろうかということでした。

原発事故後、「保養」で私たちを受け入れてくださって以来、ずっと頼りにさせていただいている後藤さんのお子さんたちも「学校に行かない」という選択をし、それぞれが自分らしい生き方をしていることを伺い、「保養」のときと避難後に実際にお会いすることができ、彼らの生き方を間近で見せていただきました。また、「保養」にボランティアとして関わってくれていた〈まっくろくろすけ〉のOB・OGたちの生き方も娘の将来について考える参考にさせていただきました。

娘が学校に行かず家で過ごすようになってから、「これからどうするの?」「学校に行かないのはいいけど、家で勉強したら?」と何度言いそうになったことかわかりません。これまでも娘を見守っていたつもりでしたが、本当の見守りはできていなかったのだと実感しました。これまでは「こうしたほうがいいんじゃない?」「こうしてみたら?」等、私の考えに誘導していて、娘自身に考えさせていなかったことがわかりました。子どもが自分自身で考えて行動するのを見守るということは、こんなにも大変なことなのだとこのとき初めて知りました。

約4ヵ月、ずっと家で過ごして考えに考え抜いた娘の答えが「〈まっくろくろすけ〉に行ってみる」ということでした。避難先としてこの地を選んだ理由のひとつに、「保養」で遊びに行ったことがある〈まっくろくろすけ〉があるからということもありました。というのも、福島県から県外へ避難した子どもがいじめを受けたり、避難先に馴染むことができず、学校へ行けない子どもがたくさんいるという話を聞いていたので、もしも学校へ行けなくなっても、娘の居場所があるようにと願っていたためです。しかしまさか本当に通うことになるとは思ってもみなかったので、入学を決めてからも戸惑いや不安でいっぱいでした。

夫は、娘が選択した〈まっくろくろすけ〉のパンフレットを見せながら説明しようとしても見ようともせず、「学校に行かせようとするのが親の務めだろう」と言われました。私の両親も学校へ行かないことを心配はしていましたが、親である私がそれでいいなら自分たちは何も言わないというスタンスで、賛成ではないけれど反対もできないようでした。娘は、当初は今まで通っていた学校とはまったく違うことに戸惑いもあったようですが、帰ってくると毎日目を輝かせながら一日の出来事を報告してくれました。「今まで生きてきた中で、今が一番楽しい」という言葉を聞いたとき、私も心からホッとし、ここを選択したことは間違いではなかったと思いました。

娘の変化に気づいて

娘が〈まっくろくろすけ〉に通い始め、私の内面でも変化がありました。本当の見守りとは、子ども自身が自分で考えて、その考えに基づいて行動するのを口を出さずに様子を見ることではないかと思うようになったのです。これまでも見守っていたつもりでしたが、「こうしなさい。こうしたほうがいいんじゃない？」とついつい言いそうになることがしょっちゅうありました。口も手も出さずに様子を見ていることはなかなか難しく苦しいものでした。喉まで出かかった言葉を何度飲み込んだかわかりません。それを何度も繰り返し、それまで子育ての中でしてこなかった「子どもと相談して決めていく」というスタンスになっていきました。

私が変われたのは、3・11がきっかけでいろいろな価値観が崩れて変わっていったことが大きく影響しているように思います。変わりつつあるところにデモクラティックスクールとの出会いがあったので、すんなり受け入れられたのでしょう。私が変わったことで、娘も私に対して「親」というより、「同志」のような感情をもつようになったと言います。小さいころから私の顔色をうかがって「これはしちゃいけない」「こうしなくちゃいけない」という感じで過ごしていたようですが、今では私の顔色をうかがうことはなくなり、反対に私の方が「ママ、そんなことはしちゃいけないと思う」などと諭されることも多々あります。

娘は17歳のとき、将来の自分の可能性を広げるために「高等学校卒業程度認定試験（旧大学入学資格検定）」を受験しました。試験は年に2回開催されるので、無理なく受験したいということで、夏と冬の2回、教科を半分ずつ選択し受験しました。受験すると決めたのが4月。1回目の受験が8月だったので、4ヵ月間集中して勉強したようです。苦手な数学は〈まっくろくろすけ〉のスタッフに特に力を入れて基礎から丁寧に教えていただき、「学校の先生に教えてもらうよりわかりやすい」とよく話していました。中学2年生の夏休み明けから学校に行かなくなり、それ以降の学校の勉強はまったくしていなかったのに、こんなにも短期間で合格できるとは、やる気になったときの吸収力の素晴らしさを娘に教えられました。

「親という存在は、単に先に生まれただけであって、偉くもなんともない。子どもといえども自分のお腹からこの世に生まれたら一人の人間であって、私とは別な人格を持った個人なのだから、考え方も性格も違う。だから私はこう考えているけど、子どもが同じ考えとは限らない」。娘が小さいころから私自身がこうした考えを持っていたら、もっとラクに楽しく育児ができただろうと思います。今は、娘を信頼しているので、娘が考えて出した結果に反対することはありません。ちょっとだけ人生経験が多い先輩の私から見て、「それはどうかな?」と思うこともありますが、私はうまくできなかったけど、娘はやってのけるかもしれません。ですから、「私はこう思うけど……」と話して、行動するかしないかは娘に任せています。

〈まっくろくろすけ〉に行くようになって、娘は本当に自分らしく、ありのままでいられるようになりました。また何事も自分で考え、行動するようになりました。学校では先生の指示を待ち、その指示に従って行動していればよかったけれど、〈まっくろくろすけ〉では自分で考えて行動しなければ、何も始まらないし、何もできないということを学び身につけることができました。指示されたことに沿って行動するのはとてもラクです。中学2年生まで学校で過ごしてきた娘にとって、〈まっくろくろすけ〉への入学当初は、自分が何をしたいのかもわからず、自分から声をかけなければ手を差し伸べてもらえないことがつらかったようです。しかし、〈まっくろくろすけ〉で過ごすうちに、自分で考え行動する力を身につけることができました。親の私から見ても、娘の物事の見方、考え方、そしてそれを言葉で表現する力は素晴らしいと思います。

学校では自分が本当にやりたいことはできず、否応なくやらされてきたけれど、〈まっくろくろすけ〉では、それぞれの意思が尊重され、安心した居場所で人間関係を築くことができるため、それぞれの夢や願いが育ち、それが自分の人生を歩む力となるのだと思います。もともと持っている力を取り戻すことができるともいえるでしょう。天災による災害の多発や世界情勢が揺れ動く近年、指示だけを待っていたら生き抜くことはできないのではないでしょうか。これからも〈まっくろくろすけ〉の卒業生ということを誇りに、自分の人生を自分らしく楽しんで生きていってほしいです。私は娘が選んだ道を歩んでいく姿を、応援しながら見守っていこうと思っています。

こうしたすてきな学校、〈まっくろくろすけ〉は、子ども、スタッフ、保護者が共同運営しています。子どもたちが主体になって多くのことを決めていきますが、年2回開催される総会ではスタッフや保護者も意見を述べ、ともに話し合って運営方針を決定します。学費も例外ではありません。「〈まっくろくろすけ〉に通いたいと希望するすべての子どもが通えるように」という〈まっくろくろすけ〉の代表の黒田喜美さんの立ち上げ以来の強い思いが引き継がれており、納めるべき最低金額は決められていますが、それも難しい場合はその理由を申請すれば減額が認められ、たくさん払える家庭はたくさん払うというふうに工夫されています。

多くの無認可校は学費が高い中、こうした工夫のおかげでシングルマザーの我が家でも通うことができたことは本当にありがたかったです。

私自身のこと

兵庫県へ避難し、２０１４年1月から、後藤さんの紹介で障害者福祉施設でパート勤務を始めました。２０１４年4月に離婚し、生活のために働かなければならない状況になり、パート勤務やさまざまな活動を続けながら介護職員初任者研修（旧ヘルパー２級）を受講して資格を取得し、正職員として働くようになりました。

それまで介護の世界とはまったく縁がなく、障害者と接する機会がなかった私は、当初は戸惑うことばかりでした。もっとも印象に残っている方は、首から下の全身麻痺の女性です。家族に反対されながら自立の道を選び一人暮らしをはじめたこと。まだヘルパー制度が整っていない時代だったため、首からプラカードを下げて介助者を探したことなど、いろいろなお話を聞かせていただきました。おむつ交換、着替え、食事介助等々、すべての業務に戸惑い、おぼつかない手つきで焦る私に「みんな最初からうまくできる人はいないんだから、ゆっくり覚えればいいよ」と優しく声をかけ見守ってくださいました。この方は２０１８年6月に66歳で逝去されました。最期は肺炎で入院し、ご兄弟に看取られて亡くなられましたが、入院直前まで自宅で24時間たくさんのヘルパーに見守られ暮らしていました。おそらくいろいろとつらいこともあったにちがいありませんが、「一人暮らしをしてよかった」と常々言われていました。本当に強い女性だったと思います。

そうした方たちと一緒に過ごしていくうちに、自分のためにも、利用者やそのご家族からもっと信頼される介護士になるためにもスキルアップをするべく、２０１８年3月に介護福祉士の資格を取得しました。　結婚後、兵庫県へ避難するまではパートで働いたり、夫の事業の手伝いをする程度で、ほぼ専業主婦として生活を送っていました。しかし、原発事故後いろいろなことを自ら学び、行動するようになり、娘に対しても「子どもと相談して決めていく」という見守りのスタンスを身につけていったこと、そして先ほどの全身麻痺の女性との出会いから刺激を受けたことなどから、単に収入面だけではなく、自分も変わることで、今やっと本当の自立ができたように思います。今、こうして避難生活を続けていられるのは、原発事故後に出会った光円寺の後藤さんをはじめ、心を寄せてくださる多くの方々のおかげです。また利用者の方々にもいろいろな面で支えられていることを実感しています。

国や行政が復興に向けて進んでいる中、被ばくしたことで偏見や差別の目にさらされることもあり、いまだ福島県に戻らずに避難生活を続けている私たち避難者も、障害者と同じマイノリティーであると感じています。

私たち一人ひとりは微力だけれど、無力ではないと思います。それぞれの生き方、考え方を尊重し、誰もが均等な権利を得て、どんな人にとっても優しい社会になることを望みつつ、社会の側にある障害と向き合い、これからもあきらめずに声を上げ続け、自分にできることをしていきたいと思います。

第3部

福島のいま

この本を企画した当初は、第2部までの内容を予定していました。つまり東日本大震災によって美紀さん・藍ちゃん母娘が体験したことと、その後の〈まっくろくろすけ〉との出会いを経て、藍ちゃんが憧れの海外へ旅立ったところまでのお話だったのです。

ところが、美紀さんのお父様が福島で発病され、その病気が原発事故との因果関係を疑われるものだったこともあり、急遽、その話を加えることになりました。

美紀さんも藍ちゃんも心身ともにつらい状況のなか、福島への思い、原発事故と国の対応に対する怒りなど、それぞれの胸のうちを綴っています。また、「保養」活動を通じて二人を支えてくれた光円寺の後藤由美子さんにも、被ばくの健康被害についてご寄稿いただきました。

デモクラティックスクール
まっくろくろすけ 代表理事
黒田 喜美

第1章　美紀さんの故郷と家族への思い

福島の父の発病

２０１９年6月18日、今年も誕生日を無事迎えられた感謝の気持ちを伝えようと　実家へ電話をかけたところ、父が入院したことを母から知らされました。

自宅裏の家庭菜園の草刈り後、息を切らしながら草刈り鎌を杖替わりにしてなんとか土手を上がってきましたが、体がだるいと訴え、かかりつけの病院を受診したところ、「血が薄いため３日間輸血をして様子を見ましょう」と言われて入院したとのことでした。

「血が薄い」とはどういうことなのか……。インターネットで検索してみると「白血病」という文字が目にとまりました。もしかしたら……とそのときイヤな予感がしました。

6月21日、再度実家に電話をかけると、郡山市の総合病院へ入院していました。担当医から説明を受けた母は、気が動転していて説明の内容が頭に入ってこないばかりか理解もおぼつかなかったようで、父の様子を詳しく知ることはできませんでした。母に担当医から渡された説明用紙を読んでもらったら、入院と同時に抗がん剤治療が開始されているらしく、いっそう不安になりました。すぐにでも駆けつけたいところでしたが、仕事と喀痰吸引研修を受講中だったため、帰省できたのは6月30日でした。

7月2日に担当医から病状について詳しい説明を受け、「急性骨髄性白血病」だと告げられました。入院と同時に1週間ほど抗がん剤治療を行ったので、7月末には白血病細胞が消えているかどうか結果が出るとのことでした。しかし、もしうまくいかなかった場合、今は多少会話ができているが、7月末にはそれも難しくなるとのことだったため、オーストラリアにいる娘にも連絡をし、帰国するかどうかの選択をしてもらいました。娘は父が生きているうちに会いたいということで、10月までの滞在を切り上げて急遽帰国しました。私も7月中は毎週末帰省し、父の病院へ通いました。

7月31日に抗がん剤治療後の父の状態について担当医から説明を受けました。白血病細胞はほぼ消失したけれど、認知症がかなり重度なため、抗がん剤治療で重要な清潔保持が難しいとのこと。また、最初の抗がん剤治療のときに敗血症にかかってしまったこともあり、体がどこまで耐えられるかを考えると、次の抗がん剤治療には進まず地元の病院に転院し、経過を見てケアハウス等への入居したほうがよいのではないかとのことでした。

実家へ戻り、母と娘と相談しました。認知症がなければ、本人に抗がん剤治療を受けるかどうか選択してもらうことができますが、入院前から兆候があったと思われる認知症が、入院後かなり進行したと思われ、もう、そういった判断もできないため、私たち家族が決断しなければなりませんでした。悩みましたが、抗がん剤治療による下痢や高熱で苦しむ様子を見ていたので、次の段階の治療はしないことに決めました。重度の認知症のため、なぜつらい治療をしなければいけないのかもわからない父を、また苦しませたくないと思ったのです。

病院では尿道カテーテルを抜いてしまうため、体幹、両手を抑制されていて、家族が面会に行ったときだけ、外してもらっていました。抑制されていることは父にとっても大きなストレスのようでしたし、その様子を見るのは私たちにとってもつらいことでした。

そんな生活が続き、以前は食欲旺盛だった父も、すっかり食べられなくなり、入院してから20キロ以上体重が減ってしまいました。

8月20日に地元のかかりつけの病院に転院しました。転院先は父が長年通院していた病院なので、担当医も看護師も見慣れた顔で、地元に戻ってきたという安心感もあってか、驚くほど元気になりました。担当医からは、生もの以外、食べたいものを食べていいという許可が下りたので、私が帰省したときは父が食べたいというものを毎日差し入れしています。差し入れしたおかずのほかに病院食も完食しています。認知症で食べたことを忘れてしまうこともありますが、以前のようにたくさん食べる父の姿を見られることはうれしいことです。

トイレにも歩行器を使って自分で歩いて行っています。足の悪い母よりしっかりした足取りでスタスタと歩く姿には驚きました。髪は、抗がん剤治療の影響でほとんど抜けてしまいましたが、少し残っている毛髪に整髪剤をつけ、以前のようにクシでピシッと整えています。

抗がん剤治療をしないという決断が本当に正しかったのか……、担当医に返事をして以来ずっと自問自答していましたが、父の生きようとしている姿を見ることができたり、差し入れをして「おいしい！」という言葉を聞くことができたりして、穏やかに過ごすことができている父を見ていて、この選択が間違いではなかったと思えるようになりました。

それでも、転院前の病院の担当医からは、朝は普通に食事をして元気な様子だったのに夜には亡くなってしまうということも、白血病患者にはよくあることだといわれています。また、表面上は良くなっているように見えるけれども、今後抗がん剤治療を継続しないということは、白血病細胞がまた増殖するということであるとも説明されました。

今は病状が落ち着いているため、退院許可も下りていますが、今後のことを考えなくてはいけません。自宅へ退院できれば一番なのですが、足が痛くて自分のこともままならない母だけではとても自宅へ戻すことはできません。近くにいたら自宅で介護を手伝うことができたのに……と思うとやるせない気持ちでいっぱいになります。

病気と被ばくの関連性

娘とも話したのですが、父の急性骨髄性白血病には被ばくの影響もあると思います。被ばくのことなど全く気にせず、趣味の家庭菜園で野菜を作り、それを食べていたし、原発事故当初から福島県産のものを食べていた父でした。前述した福島県健康リスク管理アドバイザーの山下俊一氏は、「放射線はニコニコ笑っている人のところへはきません」と言いました。父は、ニコニコ笑って家庭菜園を楽しんでいました。

枝野幸男元官房長官も「みなさん、落ち着いて行動してください。ただちに影響はありません」と原発事故発生時にテレビの画面を通して何度も言っていました。確かにただちに影響はありませんでしたが、事故から8年後に晩発的な影響として出てきたのではないでしょうか？いまだかつて経験したことがない低線量被ばくの影響が、こうして静かに私たちに近づいてきているように思えてなりません。

おそらくこれが被ばくの影響だということはほとんどの医者が認めないでしょうし、因果関係をはっきりさせることもできませんが、被ばく防御に努めてきた私と娘のすぐ近くの人間にこんなことが起きるとは、なんてなんという皮肉でしょう。

父と過ごせる時間があとどれほど残されているのかわかりませんが、大切に過ごしたいと思っています。毎回、「父との面会はこれが最後かも……」と覚悟しながら、福島を離れ兵庫へ戻ってきます。原発事故さえなければ、父が急性骨髄性白血病にかかることはなかったかもしれませんし、何かほかの病気になったとしてもすぐにかけつけて、手伝うことができたのにと思うと悔しさでいっぱいになります。

今は、娘の成人式の晴れ着姿を見てもらえたらなあ、と願うばかりです。

父の入院と同時に母の股関節の痛みもひどくなり、普通に日常生活を送ることも困難になってきて、私が帰省中に、家事やおざなりになっている用事をこなしてきます。娘がいるときは、私の代わりにいろいろとやってくれて、母もとても頼りにし感謝していましたが、9月に入り娘も兵庫へ戻って来ました。私も仕事があり休んでばかりはいられないうえに、兵庫から往復するたびに交通費だけで5万円近くかかるため、毎週帰省することはできません。父が亡くなったら、母をどうするか……。まだまだ考えなければいけないことがたくさんあります。

復興を前面に押し出す国と県

娘は7月9日にオーストラリアから帰国し、福島県の実家に直行しました。実家へいる間は、体調がとても悪かったようです。成田空港に到着したとたんに発赤のようなものが出はじめ、鼻血、下痢、肺の痛みなどの症状が現れたそうです。やはり、娘の体は放射能に敏感に反応しているのでしょう。避難後、これほど長く福島県に滞在したことはなかったし、オーストラリアではとても体調がいいと言っていたのに、このような形で帰国することになり、長く福島県に滞在することになり、原発事故の理不尽さを改めて突き付けられることとなりました。

とはいえ、原発事故当時からずっと福島県に住み続けている人が大多数で、実家の近所の人たちも被ばくのことなどまったく気にしていません。「もう大丈夫だから帰ってきな」と近所の人に言われました。ある家の娘さんは里帰り出産のために戻ってきているそうです。

父が植えていたブルーベリーが今年も実ったようで、母も隣の家に「採って食べて」とすすめていました。隣は小中高3人のお孫さんがいるお宅なので、私と娘は食べないのに、その子たちに食べさせることに抵抗があるのですが、被ばくについては事故当時から気にしていないようで、家庭菜園で採れた野菜を食べつづけているようです。父が急性骨髄性白血病という病に侵されたと知っても、被ばくと結びつける人はいません。

道路沿いのあちこちには、除染した土を入れた黒いフレコンバッグが山積みになって置かれています。「環境省」、「中間貯蔵輸送車両」と表示を掲げたトラックが何台も列をなして道路を往来しています。ときどき帰省する私たちの目には異様な光景として映りますが、福島で暮らしている大部分の人たちにとっては、当たり前の景色になってしまっているようです。東京オリンピックの聖火リレーを福島県からスタートさせ、野球とソフトボールの試合も開催されます。私は、復興ばかりを前面に押し出している国や県に対して改めて怒りを覚え、父の病院へ向かう車の中で運転しながら何度も涙を流しました。

私たちと同じ悲しみを経験する人がこれ以上増えないように、私たちの経験を知ったみなさんには、まずは近くの方に伝えていただけたらと思います。

第2章　未来へ向けて藍ちゃんが考えたこと

祖父の看護を通して考えたこと

２０１８年10月から1年間の予定で、ワーキングホリデーでオーストラリアにいたのですが、祖父が19年6月に白血病を発病したので、7月に日本に帰ってきました。

最初、祖父の発病を聞いたときは、一気に頭が真っ白になり、夢なのか現実なのか混乱してしまいました。オーストラリアでお世話になったホストファミリーのおかげで飛行機のチケットが取れ、急遽帰国することができました。日本、そして福島に帰ったときもまだ頭の中は混乱しており、このときは自分が日本にいることさえも信じられませんでした。病院に駆けつけ、渡航前はふくよかだった祖父がすごく痩せていて、目を開けて話せる時間も少ないという姿を見て、大きなショックを受けました。それからは、足が悪く病院に通えない祖母に代わり、ほぼ毎日病院通いを続けましたが、祖父が苦しんでいる姿を見るのはとてもつらいことでした。

その後、少しずつ回復しはじめホッとしていたら、今度は白血病発病前から徴候のあった認知症の症状が目立つようになりました。夜中に、体につながっている管を抜いてしまったようで、身体拘束をされました。仕方がないことだとわかっていても、その姿を見ると胸が痛みました。祖父自身も身体拘束されていることは大きなストレスだったようで、毎日のように「頭がおかしくなりそうだ」「死んだ方がマシだ」などと言い、何もしてあげられない自分をすごく無力に感じ、悔しかったです。

その後、大きな病院から地域の小さな病院へ転院しました。転院後、驚くほど元気を取り戻し、2ヵ月ほど寝たきり状態だったにもかかわらず、歩行器を使って歩けるところまで回復しました。認知症のほうも一時期よりは回復し、以前と変わらず、会話することができるようにもなりました。しかし、私たち家族は医師と話し合い、祖父の治療を継続しないことを決めたので、いつまた再発するかわかりません。なので、今は祖父との時間を大切に過ごしています。このような時間を持つことができたのはうれしいし、オーストラリアでの滞在を繰り上げて帰国したことに後悔はありません。

祖父の病気については、ひとつ引っかかることがあります。祖父が白血病になったのは、原発事故による被ばくの影響ではないかということです。祖父は、原発事故後も食べ物などには頓着せず、地元のものを食べ、最近では山菜を採ってきて食べていました。家庭菜園や園芸も趣味だったので、放射能による土壌汚染なども気にとめず、よく土いじりをしていました。

私は、専門家でもお医者さんでもないので絶対とは言えませんが、もし祖父が被ばくの影響という問題にもっと目を向けていたら、と考えずにはいられません。身内がこのような状態になったからこそ改めて、被ばくの問題について向き合わなければとも思いましたし、少しでもリスクが考えられるのであれば、避けるべきだと思います。もっと被ばくや原発事故について学び、自分で考えて行動しなければ、この時代を生き抜いていけないと強く思いました。

未来をつくる私たちの使命

日本では、原発を再稼働しようという動きが高まっています。福島での原発事故が起こる前は、原発は安全だという言葉を鵜呑みにし、原発建設を許してしまった日本国民。原発事故後、原発はやはり安全ではなかったと証明されたも同然でしょう。しかし、また同じことを繰り返そうとしている日本政府。なぜそんな流れが黙認されているのか。やはり、私たち一人ひとりが原発事故が起こったことをどこか他人事として受け止めてしまっているからではないでしょうか。この事故が起こったことは私たちの責任なのです。日本国民が一人ひとり責任を感じ、考え、よりよい未来をつくっていく姿勢が大事だと思います。

私自身、原発事故がどんな波紋を起こしたのか、原発事故後に福島でどんな経験をしたのか、現地に居合わせた当事者として伝えていくことが使命だと思っています。それを踏まえ、声を上げていくこと、よりよい未来をみんなとつくっていくことが、これからの私の課題です。

特別寄稿

原発事故からの真の復興を考える

真宗大谷派 光円寺 僧侶
後藤 由美子

「保養」での出会い

2011年3月11日の大震災と、それから始まった4基にも及ぶ福島第一原発事故。放射性物質が大量に私たちの世界へと降り注いだ衝撃は、本当に心砕かれるものでした。

しかしそれにもましてショックだったのは、その後の政府の方針が、人々を守り、被害を少なくする方向には向いていないこと、最も被害を大きく受ける可能性の高い子どもたちを守ろうとしないことでした。あれだけ大変な事故を起こしながら、汚染の実態を隠し、被害を小さく評価し、子どもたちや未来を犠牲にして、原発を再稼働させていく様子を目の当たりにし、安全神話のもとに、原発を容認してきてしまった私が、これ以上今までのような暮らし方をするわけにはいかないと感じました。

放射能汚染を受けた地域が、福島を超えて関東まで、広大な範囲に及ぶことを知り、たまたま大きな汚染から逃れた西日本にいるものとして、子どもたちの「保養」活動に協力したいと思い、福島を行き来する知人に連絡をとりました。そこから、光円寺の所属宗派である浄土真宗大谷派の「夏休み子どもの集い」に合わせた「保養」を計画してはどうかと話が持ち上がり、全日程10日のうちの2泊3日を光円寺で受け入れました。福島市・郡山市など福島県中心部に住む小学4～6年の子どもたち10人の中に、11歳の藍ちゃんがいたのです。

２０１１年夏、初めての「保養」は、光円寺の研修施設である古民家「山の家」で行いました。調理は火を使い、お風呂もまきで焚くという経験ができ、近くに泳げる川もあるので、子どもたちがのびのびと楽しめるのではと思いました。そして「保養」に来る子どもたちが、主体的な力を発揮できるように、ミーティングで「保養」を一緒に作って行く形で行いたいと思いました。〈まっくろくろすけ〉では、メンバー＆ＯＢ・ＯＧとその保護者で「ウィズキッズ」というつながりを作っています。このメンバーならきっとよい「保養」ができると思って呼びかけたところ、協力を得て実現することができました。ティーンズのＯＢ・ＯＧがミーティングを仕切ってくれて、食事作りやお風呂焚きなどを一緒にやり、川などで思い切り遊び、夜はこわい話で盛り上がりました。おとなしかった藍ちゃんも、別れるころにはずいぶん活発になっていました。外遊びなどの制約のある中で数ヵ月を過ごしてきたので、それを取り戻してほしいと思いました。

しかしその年、子どもたちは、初期被ばくを受けていたためか疲れやすく、すぐに横になったり、下痢をしたりと体調がすぐれなかったようです。幼い身で、大変な数ヵ月を暮らしてきたことに胸が痛み、本当に申しわけなく思いました。そしてこのかわいい子どもたちが帰ったら、また被ばくとの闘いが日常になるのは、本当に理不尽だと悲しくなりました。保養に来ることができる子どもはまだしも、そんな情報に出会うこともない人たち、守ってもらえない子どもたちもいるのがとても気になりました。

福島を訪ねて

帰って行く子どもたちのことが気になり、その年の秋、一度福島を訪ねることにしました。「保養」のつなぎをしてくれる福島の市民団体を訪ね、様子を聞き、預かった子どもたちの親御さんに連絡を取り、何人かの保護者にお会いした中に美紀さんがいました。大切な我が子、柔らかくて傷つきやすく、成長途中である子どもという存在が、無防備に放射線にさらされるなど、親であれば耐えられないことです。大人の何倍も放射線に弱い子どもたちを犠牲にするような歪んだ社会状況で、家族でさえ意見が分かれ、孤独に子どもを守る努力をし続けなければいけない。それも不完全であることに苦悩しながら。心身ともにどれだけ大変なことか、想像すると胸がふさがるような重圧を感じました。大変な事故であっても、みんなで子どもを守ることを当たり前として、できるだけの被ばく防護に努めるということが共有されていれば、どれだけ救われるでしょう。子どもを健やかに育てたいという当たり前の願いを捨てさせられるような、親としての責任感をむしり取られるような母たちの苦悩が、我がことのように感じられました。

そんな中で毅然として子どもを守る行動をとっておられる美紀さんは、頼りになる感じのママさんで、引率なども引き受けてもらい、続けて冬休みには親子で参加できる「保養」を企画しました。藍ちゃんは友達を誘っていたので、ママと離れたかったようですが、ママにも「保養」が必要だったと思います。ひとりで担ってきた肩の荷を少しおろしたり、新しい人との関係に出会うことで、藍ちゃんと同じように心身が安らいでいったのではないでしょうか。〈まっくろくろすけ〉を会場に開かれた歓迎会で、美紀さんが見せた涙が忘れられません。

そのうち「保養」は福島の人だけでなく関東の人たちにも必要であることがわかり、関東の母子を招きましたが、どのママさんも、本当によく学んでおられて、被ばく防護についての知識や、ポイントをたくさん教えてもらいました。何よりその覚悟というか、社会の抑圧に抗して、静かに子どもを守る行動をとり続けるひたむきさ、日々休みのない努力に頭が下がる思いでした。片やそれができないときは、子どもを被ばくから守れないという不安と、親としての責任が取れない罪悪感にさいなまれるのです。多くの人は、そんな思いをするくらいなら、まわりにしたがって、大丈夫と信じ、忘れてしまいたくなるにちがいありません。どちらへ進んでも苦しいのです。母たちに、こんなに大変な子育てを強いてしまった社会の責任を感じ、私にできることをやり続けようという気持ちになりました。

その後、藍ちゃんは13歳のとき、一人で12日間の「保養」に来ました。春休みで、桜が咲いて暖かく、安心できる環境と人間関係の中で、自分を取り戻していったように思います。光円寺の「保養」では朝の勤行で、その時に感じたことを話す「感話」というものがあります。藍ちゃんはいつも参加して、自分の思いを伝えてくれました。藍ちゃんの感話を紹介します。

私は兵庫へ来て、自然の中を散歩して世界が広がった。放射能の話も普通にできて、いろんな人と話して、いろんな反応が帰ってくるのも世界が広がったこと。日本という国は戦争は起きていないけど、心の戦争が起きているとおもう。私は自由に過ごすことができたことで、自分の個性がわかった気がする。これからは人にどう思われても、自分の個性を大事にしていきたい。

滞在中に神戸で行われた脱原発の市民デモに、「ウィズキッズ」の若者とともに参加し、自作のプラカードを持って意思表示したことなども、藍ちゃんにとっては大きな経験の広がりだったのではないかと思います。放射能汚染被害地に暮らし、息が詰まるような生活と大人社会の矛盾と葛藤の中で、子どもたちがどのように悩んでいるか、藍ちゃんの言葉を聞いて痛感するとともに、それから解放されていく姿に出会わせてもらえたのは本当にありがたいことでした。

数ヵ月後、避難移住の決意をした二人を私の住む地域に迎えることとなり、「ウィズキッズ」のメンバーや、福島のことを心配している知人の協力を得て、生活に必要な家電製品から家具まで、あっという間に調達できました。遠い関西へよく来てくれたと、多くの人が歓迎し、応援していることを感じてくれればと思いました。

「夢を書かせて夢を奪う」教育とは

2学期から地元の中学に行くにあたり、校長先生や担任の先生には、ぜひとも福島原発事故に対する情報を共有してもらわねばと思い、わかりやすい写真や新聞記事、汚染の現状や被ばくの危険性などの資料を持参して面会しました。また藍ちゃんが学校で無理解な言葉にショックを受けたときには、担任の先生にていねいに説明をしたのですが、なかなか理解していただくことができなかったようです。あまりに放射能汚染に関する情報が流れていないということが、その理解を妨げている気がしました。大勢が信じていることが「本当」のことになるという社会の中で、「〝本当〟は本当なのか？」を問い続けることは大変です。

藍ちゃんはそのころ、しきりに福島での経験を振り返る話を聞かせてくれました。中2の1学期に学校で夢を書くという時間があって、そのころ、友達とバンドをしたいと話していたので、「バンドマンになりたい」と書いたそうです。すると、先生に「これはダメだ」とお説教され、書き直すよう言われました。次に「声優」と書いたのですが、またしても先生に、会社員や東電の社員という模範的な友人の夢を見せられ、地元に貢献することをほめたうえで、また書き直すように言われました。夏休みに入り再提出しないまま転校したとのことですが、この話にはとても驚きました。夢を書かせて夢を奪う、これが教育なのでしょうか。そのころの福島の状況が特殊だったのでしょうか。いずれにしても検証されるべきことと思います。それにしても藍ちゃんは、自分の夢を書きなおさせられず転校できてよかったです。今思えばすごいタイミングでした。でも藍ちゃんは、しきりに友達のことを気にしていました。学校の中の放射能の不安を口にできない雰囲気や、被ばく防護について親御さんがあまり気にしていない友達の体調も心配していました。自分の体調もすぐれないなか、いろいろな思いが錯綜して、とても辛かったことと思います。

藍ちゃんと美紀さん親子は、避難移住後、いろいろな場所で自分たちの体験を聞かせてくれました。お寺の研修会、毎年開かれる福島を忘れないイベント、生協等での学習会、大学の授業、脱原発の大きな講演会やデモ、街頭行動など、思い出せば辛くなる話を何度となく語ってくれました。原稿を準備していても、いつも涙なくしては語れない美紀さん。その時その時の自分の思いをそのまま言葉にする藍ちゃん。二人の話は聞く人の心を揺さぶり、開いてくれました。原発賠償ひょうご訴訟の原告になって、公の場で真実を求める裁判を闘っている美紀さんの行動にも、深い敬意を抱いています。

民主主義の法治国家においては、常にまちがうかもしれない人間の行動を、法が照らしてあるべき姿へと正してくれるはずです。残念ながら日本の現状は複雑ですが、少なくとも被害に遭った人が声をあげるという覚悟をしたときに、支援者が現れ、みんなで力を合わせる裁判のなかで大切なことが明らかになっていきます。うそや隠ぺいが横行する世の中で、本当のことを求めることをあきらめない二人とともにありたいといつも感じています。

福島と日本の未来

日本には今もなお「原子力緊急事態宣言」が発令されています。メルトダウンした核燃料からは常に放射性物質が空気中に放出され、冷却による汚染水が溜まり続け、東京電力は海へ流す計画を立てようとしています。大量の除染による汚染土の行き場はなく、焼却したり、全国の公共事業や農地造成に使ったりするという計画を耳にします。原発がまだ収束のめどもついていないことはほとんど報道されず、復興ばかりが伝えられています。その〝復興〟とは、緊急時の対応として福島に、通常の20倍の放射線「忍従値」をあてはめたことによって避難が解除され、補償が打ち切られ、人々は事故原発のすぐ近くまでも「帰ってもよい」とされたことをいいます。その中で選択を迫られる被災者の方々の葛藤はどれほどでしょう。私たちは知らないことでそれを認めてしまっているのです。

事故後、福島の方々を中心に全国からも告訴・告発人となってその罪を問うた東京電力刑事訴訟では、防ぎうる対策をせずに事故を起こした東京電力最高責任者の大きな責任を明らかにしました。しかし司法はそれを無罪とし、この国では、原発事故や放射能汚染に関して責任をとる主体が、いまだ存在しないこととなりました。このような状況では、汚染は広がり続けるしかありません。原発事故の収束もままならず、被害は拡大し、私たちの未来を脅かすことでしょう。国や大企業が責任に答える義務はないとする国に暮らし、しかも自分がその国の主権者の一人であることに身が震える思いがします。

この国に住む私たち一人ひとりはどのように生きればいいのでしょうか。これは福島原発事故が、すべての今生きている人間に与えた大きな問いだと思います。その問いを最も早く突きつけられた一人、福島の母である美紀さんの姿が、私にそのヒントをくれました。美紀さんは原発事故後、自分の無知により初期被ばくから我が子を守れなかったことを悔い、その思いを根底にひとつの覚悟を持って、子どもを守る責任を担いました。そして子どもが指し示す方向へともに歩み、自分も変わっていったのです。藍ちゃんがそれに応え、どのように成長されたのかはこの本を読めばわかります。私たちが自分の罪に気付き、自分の責任を引き受けるときに、いのちの働きとして、未来への新しい道が開かれることを、二人の歩みが証してくれました。ともにその道を太くして行きたいと思います。

コラム

放射線被ばくの健康被害と「保養」について

放射性物質は三種類の放射線（アルファ線、ベータ線、ガンマ線）を出し続け、そのどれにあたっても被ばくします。目に見えず、痛みとして感じられず、五感でとらえにくいため危機意識が薄れがちですが、細胞や遺伝子レベルで害をもたらし、さまざまな病気を起こし、生命を脅かす危険なものとして位置付けられています。

飛距離が数百ｍもあるガンマ線の照射は、環境中に存在する放射性物質からの「外部被ばく」となります。また空気や食品などから放射性物質が体に入った場合、飛距離が短くエネルギーの高いアルファ線、ベータ線は、細胞に局所的ダメージを与え続けます。そのように体内から被ばくすることを「内部被ばく」といいます。

「外部被ばく」から逃れるためには、できるだけ遠くへ移動すること、「内部被ばく」を避けるためには、汚染のない空気や食品をとることを可能にすることが必要となります。たとえ初期被ばくを受けたとしても、できるだけそこから離れ、健康的な食事をとることができれば、体内に取り込んでしまった放射性物質が排出できるということが、チェルノブイリ原発事故の経験でわかっています。とはいえ、簡単に移住できない被災地の人たちも大勢います。そこで、短期間でも被災地を離れ、のびのびと過ごしてもらうというのが「保養」の活動趣旨です。

チェルノブイリ原発事故の汚染を受けた地域では、公費によって「保養」が行われています。しかもそれは強制避難地域を除いた、低線量被ばく地域に対して行われるさまざまな被ばく防護の一部なのです。ところが日本では、それ以上の空間線量を示している地域でも避難は行われず、基準値を変えて人々を住み続けさせる政策がとられています。

とくに放射能の影響を受けやすい子ども、病気や障害等ハンディキャップのある人、妊婦は危険にさらされており、世界で認められた被ばく被害である「小児甲状腺がん」の患者が事故後増え続けています。福島県民健康調査では、小児甲状腺がんの大規模な調査がなされていますが、２０１９年10月に発表された小児甲状腺がん及び疑い（手術待ち）のある子どもは２３０名となりました。通常１００万人に１～２人とされる小児甲状腺がんが、福島県の対象地域では、38万人に２３０名という多発ぶりです。それに対し健康調査検討委員会は、当初から一貫して被ばくとの関連性を認めようとせず、検証もしていません。放射線の影響を示す結果はすでに顕著で、否定する根拠はないにもかかわらず、「検査のデメリット」が強調され、検査縮小への動きがみられます。また精密検査により手術無用ながんを見つけ出した「過剰診断」という説明に対しても、福島医大では無用な手術は行っていないと証言されています。発症した子どもたちは、その原因について説明や補償もないまま、一生薬を飲み続け、再発を恐れるといったリスクを負わされています。また福島原発の爆発により発生したとみられる、不溶性放射性微粒子（セシウムボール）が事故後発見され、水にとけない数ミクロンの放射性物質が体に入った場合、排泄されにくく、未評価の内部被ばくが懸念されています。子どもたちの健康被害への心配が募るなか、民間での「保養」活動が全国各地で行われています。

おわりに

デモクラティックスクールまっくろくろすけ 代表理事　黒田 喜美

藍ちゃん、美紀さんのストーリーは、どんなふうにあなたの心に届いたでしょうか？

教育関係や原発関係の講演会などで二人が話す場に、私は何度も同席させてもらいました。つらい経験の中から抜け出し自らチャレンジすることで自信を積み重ねてきたと語る藍ちゃんの、やわらかいまなざしのなかにも芯の強さが感じられる姿。そして、悩み迷いながら生き方・子育てをシフトし自身も成長されてきた美紀さん。二人の言葉と姿に、何人もの方が涙を流されてきました。お話を直接聞きにくる機会がない方にも、少しでも二人の生きざまを届けたいと1年かけてこの本の準備をしていきました。

当時、藍ちゃんはオーストラリアへの留学の準備期間、美紀さんは仕事関係の資格取得などで、それぞれ大変忙しい中、原稿を書いてくれたことにとても感謝しています。

明治以降に国が制定した学校では、子どもの学ぶ内容は大人が決めています。私もそうでした。そういう環境でずっと育ってきた人の中には、「子どもが学習内容を決めていたら、大人になったときに必要なことが身についていなくて困るのでは?」「子どもは遊んでばかりで学ばないのでは?」「敬語が話せなくなるのでは?」等々、たくさんの不安をもつ方もいます。一条校（文部科学省に認可された学校）に行かずに成長した人を知らないこと、知っていてもその人の子ども時代がどんなだったか想像できないことが、そんな不安を抱くその原因のひとつになっているのではないでしょうか。一条校に行くメリット・デメリットは自身の経験から推しはかれても、自分が歩んだことがない道のことは想像しがたく、デメリットばかりを想像してしまう……。

しかし、一方で自分が学校以外の時間に、学校を離れてから自主的に体験したことを振り返って思いを馳せ、共感してくれる方も増えています。この本が、その両者をつなぐ架け橋になればうれしいです。

最後に私見ですが、子どもの育つ環境と方法についてお話しします。

おなかに子どもができたら、どこでどんなふうに出産するか、考え予定することでしょう。「病院」「助産院」「自宅出産」等いろんなスタイルがあります。病院で出産する方の割合が多いでしょうが、それ以外の方法もあり、選んで自分なりに用意できます。出産後も主に自宅で育てる、保育所や幼稚園を利用する、自主保育グループを作る等、臨機応変にその時々の最適解を選んでいる人もいます。

ところが6歳になると、一条校に子どもを入学させなければならないという思い込みに縛られてしまっている人が多いようです。「義務教育」という言葉の影響かもしれません。日本国憲法で定める「教育の義務」とは、保護者が子どもの学ぶ権利を尊重せず、労働や親の勝手な都合のために学校に行かせないというネグレクトが起こらないように、保護者に向けられた法律です。子どもの側から考えると、子どもは自分に合った、自分が望む成長の仕方・学び方を選択する権利があります。日本も国連の「子どもの人権条約」に批准をして、子どものいろいろな人権を守ろうとする国家です。ですので、出産や幼児期と同じように子どもは自分で「育ち方をつくる・選ぶ」ことができます。親もそれを尊重して、協力すればよいのです。

多くの人が幼稚園や保育所を利用するように、小・中学校を選ぶ人はたくさんいます。しかし、少数であっても、在宅教育や無認可のスクール・場所を選ぶ家庭もあります。

古くから民族学校やインターナショナルスクールを選ぶ家庭はありました。私がインターナショナルスクールで働いていた1990年前半は、インター

ナショナルスクールに通っている日本人の生徒に対して、「外国で暮らしていたから日本の小・中学校に溶け込めないのね。インターナショナルスクールに通っている間はいいけど、その後日本の社会でやっていけるの?」といった発言や見方をする人もいました。しかし、通っている子たちはいろんなきっかけや思いで通っています。外国に行ったことはないが、インターナショナルスクールでいろんな国の子どもたちと学びたい、インターナショナルスクールの教育の方が一条校よりいいと思って選んでいるという家庭もたくさんありました。日本の学校が合う・合わないではなく、そこに通いたいから通っているのです。きっかけはそれぞれ違っていても子どもたちは、インターナショナルスクールで充実した日々を過ごしながら成長した自分たちが、将来日本の社会に溶け込めないとは思っていません。日本の小・中学校で育った人しか日本社会でやっていけないなら、このグローバルな時代に外国人が日本で働いたり暮らしたりしていることはどう説明したらよいのでしょうか。

30年経った今では、インターナショナルスクールに通っている家庭にそのような偏見を持つ人は劇的に減ったのではないでしょうか。有名人のお子さんがアメリカンスクールに通っているというような話はごく普通に聞きます。「普通の学校に行けないかわいそうな子」とは思っていないでしょう。自分の家庭がどうするかはそれぞれの価値観・生き方によって違いますが、他の人が選ぶ

ことに変とか義務教育違反だとは思わないでしょう。「早く元気になって、小学校に戻れるようになるといいね」などと言ったり、「学校でいじめられたのかな。かわいそう」と心の内で思ったりはしないのではないでしょうか。

デモクラティックスクールを含む無認可の学校もインターナショナルスクールと同じです。一条校でなくても、親子で選んでいます。ここがいいから選んでいるのです。

しかし、現在のインターナショナルスクールとは違うところがあります。近所の人から「こんなにしっかりしているんだから、もう小学校に戻れるんじゃない?」と言われたと苦笑いしていた親御さんがいました。まだまだ知られていなくて、一元的な見方のみが広まっているからではないでしょうか。

美紀さんは「お話会でデモクラティックスクールに通いだした話をしても、理解しづらいようなので『フリースクールの一種です』というと、イメージがもてたのか「なるほど」という顔をされる。でも、その方がイメージしている学校とはかなりギャップがあると思う。伝えづらいもどかしさを感じる」と言われました。

それも、きっと無認可のスクールというのが頭でイメージできないからでしょう。マスコミなどで「フリースクール」といえば「不登校の子が行く小・

中学校に代わる場所」と聞いて、学校に行けなくなった子が集う場所というイメージ・分類をして納得しているのかもしれません。

無認可の学校や場所には、不登校の（一条校に行きたくない、行きづらい）子を対象として「フリースクール」と名のっているところも何百とあると聞きます。しかし、もともと1980年代後半に、市民が無認可で学齢の子どもたちの学校を作り出したときには、「政府の決めたカリキュラムや授業などに基づかず、それらを自由に設定している学校」という思いを「フリー」という言葉にこめて使っていた人たちもいたのです。それなのに、マスコミや無認可のスクール当事者のなかでも「フリースクールは不登校の子のための小・中学校に代わるスクール」と言い出す人がいて、そのほうが一般的になっていきました。私個人としては「フリー（自由）」を曲解され定着してしまったことがとても遺憾です。

そんな状況を踏まえて、不登校の子のためではなく、それぞれの理念や方法を掲げて特色のある、独自の教育を実践している無認可の学校の総称を「オルタナティブスクール」と呼んだり、そういった教育全般を指して「オルタナティブ教育」といったりします。「オルタナティブ」とは英語で「代案」「もうひとつの」という意味です。しかしこの言葉も、認可の学校または伝統的な教育を主流とみなし、それとは違うものを「代案」と位置づけてしまっています。

子ども一人ひとりからみれば、自分の前に道はどの方向にも自由につくっていけるのです。どこへも進めるなら、選択肢が多く、それぞれの子にあった道を進めることになります。一人ひとりにとっては、どれが主流ということはなく、どれが自分に最適かというだけです。ですから、「オルタナティブ教育」ではなく、多様な教育の中に「認可校」や「無認可校」、在宅教育、その他が並列にあれば理想的だと思います。諸外国にはオルタナティブ教育も認可されている国がいくつもあります。どこも政府が進んでそうしたのではありません。市民からの提案と実践が積み重なって、法律が変わったり、新しく施行されたりしたのです。

便宜上「オルタナティブ教育」という言葉を使って俯瞰していきましょう。オルタナティブ教育の中には、主に家庭で育つ在宅教育（ホームスクーリング）とオルタナティブスクールとがあります。オルタナティブスクールの中には「シュタイナー教育」「フレネ教育」等もあります。もちろん、藍さんの通った「デモクラティックスクール」もあるし、デンマーク式の教育をベースにしているところなど、さまざまなものがあります。もちろん「フリースクール」もあります。

ようやく話は最初に戻りますが、無認可であるという意味での「フリース

クール」なら「デモクラティックスクール」もその中の一種類です。不登校の子ども対象の、という意味の「フリースクール」なら「デモクラティックスクール」は「フリースクール」ではありません。〈まっくろくろすけ〉では「自分たちはフリースクールではなく、デモクラティックスクールだ」と丁寧に伝えていこうとなりました。

〈まっくろくろすけ〉にも一条校が合わなくて、行きたくなくなったことがきっかけで通いだす子は、今年の場合3割程度います。残りの子は、一条校に行ったことはなく、デモクラティックスクールが好きで、幼児や就学年齢からずっと通っている子たちです。一条校に行っていたけれど、〈まっくろくろすけ〉のことを人から聞いて、「いいなぁ」と思って転校してくる子もいます。文科省の「長期欠席児童」の調査によると、長期欠席の理由が「不登校」ではなく「その他」に分類されている子たちは大勢います。本人の意識的にも、学校側の分類の仕方でも「不登校」ではありません。

元気で好奇心がいっぱいの多くの子たちの中に、少数の一条校できつい思いをして心にしんどいものを抱えた子たちが混じっています。そのいろんな背景の子たちが自由に交わっているのも、〈まっくろくろすけ〉のいいところです。しんどい思いを抱えている子たちは誰かからカウンセリングを受けるのではなく、基本的な人権を尊重しあうことに裏打ちされた自由と、自分の言動に責任

をもつという厳しさをはらんだ環境と時間の中、自分で自分を癒やしていくのです。不登校の子どもを対象にするフリースクールにはそこならではのよさがあるでしょうが、一方で不登校の子どもを対象にしていないからこそのよさもあるのです。一条校、インターナショナルスクール、デモクラティックスクール、フリースクールのうち、どこが一番いいという話ではありません。それぞれのよさがあり、もっともっとそれぞれがよくなっていけば、子どもたち一人ひとりにとってより恵まれた環境になると思います。

ですので、この本が「藍ちゃんは不登校になって、フリースクールに出会えて、元気になってよかった」という単なる美談もので終わってほしくないと切に願っています。お気づきになったでしょうか？　藍さんも美紀さんも本文中で「不登校」という言葉はほとんど使っていません。子どもから見たら「学校に行くのをやめた」「学校を休んでいる」「学校をやめて家で過ごすのに変えた」「学校から～スクールに転校した」というだけのことなのです。単に自分は家のほうが落ち着いていろいろできるとか、あそこの無認可のところがおもしろいというだけです（ちなみに「登校」という言葉は、学校は家庭より上にある存在で、上がっていくことに由来すると聞いたことがあります。単に通学でいいのに、戦前・戦中、学校は天皇からの恩寵であった崇高な場所だったことに由来すると）。

もちろん、サポートを求めている子どももいます。学校に行っていて苦しい子、学校に行ってなくて苦しい子といった、ヘルプが必要な状態の子どもたちはサポートしなければなりません。また学校自体もそういう子どもが苦しい状態にならないような、よりよい環境へと改善していく必要があります。そのために国からの費用が下り、人員が割かれ、研究もされています。

一方で、学校に行っていて学校生活が充実しておりヘルプが不要な子と同じように、無認可の学校に行っていて、あるいは家にいて特別なヘルプが必要ない子もいます。ポイントは「一条校に行っているか行っていないか」ではないのです。そして、一条校以外で過ごしている子どもや家庭には、一条校に行っている子どもたちのような国からの応援がなぜないのでしょうか。

2016年12月、通称「多様な学び確保法」（「義務教育の段階における普通教育に相当する教育の機会の確保等に関する法律」）が成立しました。法律およびその基本指針などには「すべての子どもが豊かで安心できる学校にすること」「学校を休む必要性」「学校以外の場の重要性とその情報の提供」「多様な形で学んでいるので、子ども一人ひとりに合った支援をする」「登校という結果のみを目標にするのではなく、児童生徒が自らの進路を主体的に捉えて、社会的に自立することを目指す必要がある」などと記されています。一条校に行きたくなくなった子たちは、一条校に行かずに次のステップへ進むことも可能であり、支援するというのです。

しかし、学齢の最初から一条校を選ばず、違うスタイルを選んだ子たちについては触れていません。なぜ自分に合わない一条校に行って、法律の中で使われている言葉「不登校」を経ないと法的に応援されないのでしょうか。子どもがしんどい思いをしてからでないと応援しないというのはおかしな話です。一条校が合おうが合うまいが、子どもが真に通いたいと思うスタイルの学びを選べて、等しく応援されることが法律で認められる日はいつになったらくるのでしょうか。

本稿では「不登校」という言葉をたくさん使ってきましたが、早くこの言葉が使われないような時代になってほしいと願い、間接的にではありますがそのために寄与していきたいと思っています。そして、教育はもちろん、子どもたちを取り巻く具体的な環境についても、「子どもが、人が安心して過ごせること」とはどういうことか、「原発事故の影響」と「デモクラティックスクールとの出会い」というお二人の体験から何かを感じ、自分の思索を深めていただくきっかけにしていただければと思います。

本の企画については経験が少ない私を、〈まっくろくろすけ〉の卒業生である佐々木桃子さんがサポートしてくれました。桃子さんは藍ちゃんより9年先に〈まっくろくろすけ〉を卒業していますが、放射能を避けるための「保養キャンプ」を手伝ってくれたり、〈まっくろくろすけ〉にボランティアに来てくれたりする、藍ちゃん、美紀さんのよき友だち・仲間でもあります。

藍ちゃん、桃子さんはともに、私にとっては宝物のような存在です。二人と卒業後もこうして一緒に本の出版という大きな企画に取り組むことができ、とてもうれしかったです。

また、後藤さんにはお忙しいなか、特別寄稿を引き受けていただきました。後藤さんは〈まっくろくろすけ〉立ち上げから12年間にわたり、保護者としてスクールの礎をともに築いてくださった方です。その後もさまざまな場所・形で子どもたちを応援されています。そうした後藤さんのおかげで、藍ちゃん、美紀さんとご縁がもてたこと、二人の物語を本として世に送りだせたことへの感謝の気持ちで一杯です。

また、2008年に出版した『自分を生きる学校――いま芽吹く日本のデモクラティック・スクール』に続き、編集・出版を引き受けてくれたせせらぎ出版に感謝しています。全体を俯瞰して、読み手のみなさんにわかりやすく届けられるようご協力いただき、ありがとうございました。

そして何より、この本を手に取って読んでくださったみなさん、本当にありがとうございました。

〈参考文献・サイト〉

『自分を生きる学校―― いま芽吹く日本のデモクラティック・スクール』
デモクラティック・スクールを考える会 編（2008年、せせらぎ出版）

一般社団法人 デモクラティックスクールまっくろくろすけ
http://makkuro20.jp/

デモクラティックスクール総合情報サイト
http://democratic-school.net/

福島市「放射線を理解するためのハンドブック」
https://www.city.fukushima.fukushima.jp/hoken-hoshasen-kikakukanri/bosai/bosaikiki/shinsai/hoshano/hosha/14120901.html

市民放射能測定データサイト「みんなのデータサイト」
https://minnanods.net/

＊記載されている情報は、2020年１月１日現在の内容に基づきます。

渥美 藍

● 1999年、福島県郡山市生まれ。
デモクラティックスクール〈まっくろくろすけ〉卒業後、心理カウンセラーをめざして勉強中。

大関 美紀

● 1973年、福島県田村市生まれ。
「社会福祉法人ひびき福祉会」に介護福祉士として勤務。「一般社団法人リボーン」理事。

●装幀——大津トモ子

ありのままの自分で

—— 東日本大震災・福島原発事故を体験した母娘の選択

2020年 2 月25日　第 1 刷発行

著　者　渥美 藍
大関 美紀
協　力　黒田 喜美
後藤 由美子
発行者　山崎 亮一
発行所　せせらぎ出版
〒530-0043　大阪市北区天満1-6-8 六甲天満ビル10階
TEL. 06-6357-6916　FAX. 06-6357-9279
http://www.seseragi-s.com/
E-mail　info@seseragi-s.com
郵便振替　00950-7-319527

イラスト　村上あお、村上紅緒、髙巣真實、内藤木音
印刷・製本所　亜細亜印刷株式会社

ISBN978-4-88416-271-9